新 潮 文 庫

へ ん ろ 宿

藤原緋沙子著

新 潮 社 版

11365

目次

へんろ宿

へんろ宿

一

暮れ六つ、江戸の町に雨が降っている。

まもなく闇《やみ》に包まれる町の屋根にも通りにも、雨はしとしとと降り続けている。

その雨の中を、菅笠《すげがさ》ひとつの浪人が、ずぶ濡《ぬ》れになりながら、一歩一歩確かめるように歩いて来る。

慎重に歩いているように見えるが、よく見ると疲れ切っていて、余力を振り絞って歩を進めているのが分かる。

肌の色は焼けていて、骨と皮ばかりの胸が襟元から覗《のぞ》いているが、その胸が大きく波打っているところを見ると、息も切れ切れというところか。

しかしそれでも浪人は何とか両国橋を渡り東袂《たもと》に降りると、通りかかった町人を止め、なにやら尋ねている。

町人は、振り返って回向院《えこういん》の方をさして教えているようだ。

浪人は大きく頷《うなず》き、再び歩き始めた。

その浪人が、回向院前に建つ一軒の宿の前に立ち止まったのはまもなくの事だった。

宿の戸は既に閉まっているが、雨でかすむ軒行灯《のきあんどん》には『へんろ宿』とある。

浪人は、それを確かめてから、ふっと耳を澄ませた。

宿の中から琴の音が聞こえてきたからだ。それもあの優雅な音色を出す十三弦の箏《そう》ではなく、ものがなしい音色の一弦の琴だった。

一弦琴《いちげんきん》というのは、長さが三尺六寸あまりの板に、一本の絹の糸を張った物で、須磨琴《すまごと》とか板琴《はんきん》とか呼ばれている簡素な琴だ。十三弦もあり、長さも一弦琴の倍ちかくある大きな箏に比べて、その音色はもの悲しい。

浪人はしばし立ち尽くしたまま琴の音に耳を傾けた。

宿の中で一弦琴を弾いているのは、宿の女将《おかみ》で三十半ばの佐和《さわ》という女だった。

琴の前に端座しているその腰回りはしなやかで、うつむき加減の目にはしっとりと艶《つや》がある。琴に合わせていにしえの詩《うた》を口ずさむ唇はぽってりとして花びらのように見える。しかもその声たるや、澄んだ張りのある声だ。

もののふの
八十《やそ》氏川《うじがわ》の
網代木《あじろぎ》に
いざよふ波の
音澄みて
影もかすかに
漁《いさ》り火の

佐和の琴を聴いているのは若い夫婦者で、この宿に逗留《とうりゅう》している客人である。所帯をもったばかりで江戸見物にやって来た佐《さ》七《しち》とおけい、二人は寄り添って佐和の演奏に聞き入っていた。

膝《ひざ》前には食後のお茶が出されている。食後の一服に佐和の演奏を懇望したものらしく、神妙な顔で耳を傾けてはいるが、しょっちゅう顔を見合わせては微笑《ほほえ》み合い、旅の一夜を楽しんでいる様子である。

二人にとっては一弦の琴の音も、新婚の幸せをかみしめるひとときになったようだ。

そしてもう一人、佐和の演奏を聴いているのは、この宿の主《あるじ》で佐和の亭主、市兵衛《いちべえ》という男である。

市兵衛は中肉中背、穏やかな表情でじっと耳を傾けているが、しかしその姿からは一分の隙《すき》も感じられない。謹厳高潔な風貌《ふうぼう》をしている。

佐和とは年の離れた、齢《よわい》五十そこそこかと思える亭主だが、演奏を聞き漏らすまいと、しなやかに動く佐和の手元にじっと目を遣《や》っている。

漁り火の
あかつきかけて
汀《みぎわ》なる

佐和の奏《かな》でる一弦琴の音は、へんろ宿と看板を上げているこの宿にはぴったりで、ここが喧騒《けんそう》で売る江戸の街の一角であるのを忘れ、まるで異空間に迷い込んだように皆我を忘れている。

平等院の
後夜の鐘に
無明の夢や
覚めやらむ

玲瓏《れいろう》とした佐和の声が終わりを告げた時、表の戸をほとほとと叩《たた》く音が聞こえた。

「お客さまかしら……」

佐和が気づいて立ち上がろうとするのを、

「私が出よう」

市兵衛が立ち上がって玄関に出た。

「ただいま……お待ちください」

市兵衛は土間に降りて戸を開けた。

「旅の者だ、泊めてもらいたい」

先ほどの浪人が、ずぶ濡れの姿で市兵衛に言う。

市兵衛は、浪人の顔をじっと見た。

浪人の年の頃は市兵衛とさほど違わないように見えたが、土気色の顔色には身体の衰弱が見てとれた。だがその目の色は、闇の中に獲物《えもの》を捕らえた時のように鋭い。曰《いわ》くある人間に違いなかった。

「ここは普通の旅籠《はたご》ではございません。宿代は安いですが食事は粗末です。それでよろしいので……」

市兵衛は問う。

「へんろ宿だと聞いて参ったのだ。雨露をしのぎ、握り飯でも食わせてもらえればそれで良い」

浪人の言葉に市兵衛は頷いた。そして、

「お尋ねの通り、こちらの宿は四国お遍路の道中にある、あの『へんろ宿』のようなものです。それでよろしければどうぞ」

浪人に告げ、台所の方に向かって、

「おとらさん！……ゆすぎの湯と着替だ！」

市兵衛が大声をあげると、すぐに初老の女が盥《たらい》に湯を入れて持ってきた。

後を追うように、佐和が替えの着物を乱れかごに入れて出て来る。

「こちらで濡れたものを脱ぎ、これに着替えて茶の間の方にいらしてください。お食事をお出しします」

佐和は告げると奥に引っ込んだ。

「かたじけない。主殿、正直に申すが、これがわしの全財産だ」

浪人は、市兵衛に巾着《きんちゃく》をつきだした。

市兵衛は受け取ったが、軽くて銭が入っているとは思えない。

「百文しか入っておらぬ。何、明日になれば金は作ってくる。安心してくれ」

浪人は言う。

「そうですか、では明日まで待ちましょう。で、ご滞在は何日ですか」

市兵衛は訊《き》く。

「五日か、十日か……だめか？」

浪人の目の色は一転して懇願に変貌し、市兵衛の顔色を見る。

「いえ、だめという訳ではございません。この宿は金儲《もう》けのためにやっているのではございません。この江戸に出てきたものの泊まり先が見つからなくて困っている人や、手持ちの金が心細くて旅籠に泊まれない人たち、また、御府内近郊の神社仏閣に参詣《さんけい》するためにやって来た人たちなど、普通の宿には泊まれない、また泊まりたくない人たちのために始めた宿でございます。まあ言ってみれば、お遍路様へのおもてなしを、この江戸でも肩代わり出来ぬものかと、そんな不遜《ふそん》な思いで始めたもの……ただ、長く続けていくためには、無銭飲食や泊まり逃げはお断りしております」

「子細分かった」

浪人は頷いた。そして苦笑して、

「ご覧の通り、わしはむさ苦しい浪人だが、武士の魂は捨ててはおらぬ。泊まり逃げなど卑怯《ひきょう》な真似《まね》はせぬ。万が一わしが不慮の出来事で命など落とし、まだ宿代が残っていたなら、この刀を売って金を作り、それを宿代に充当してくれればよい」

腰に帯びている刀を叩いた。

「承知いたしました」

市兵衛が頭を下げると、浪人は深い皺《しわ》のある顔で、

「わしは中根孫十郎《なかねまごじゅうろう》と申す。よしなに頼む」

ほっとした笑みを見せた。

「さあ、たんと召し上がってくださいませ。朝は炊《た》きたてのご飯とめざしが二匹、それにお漬け物、とうふとネギのお味噌汁《みそしる》、これは年中変わりませんが、ご飯はいくらでもおかわりできますからね」

飯炊きのおとらが、膳《ぜん》の前に座った中根孫十郎と若い夫婦者の佐七とおけいに告げる。おとらは毎朝、同じことをお客に伝えている。

「いただきます」

おけいの挨拶《あいさつ》で三人は箸《はし》をとった。

この宿では、食事は台所の隣の居間で皆一緒にとることになっている。

おとらはお客の給仕をするために控えているのだが、皆の箸が進むに連れて、世話好きの血が騒いで黙ってはいられないのだ。

「お味噌汁、おいしいでしょ……そのお味噌は余所《よそ》の味噌とはひと味違いますよ。ただの赤だしのように見えますが、少し、すっぱいでしょ、味がきゅっとしまっています。何を隠そうこの味噌汁は、八丁味噌という特別のお味噌を使っています。女将さんも大好きでね、わざわざとりよせているんです。やみつきになりますよ」

おとらは、うふふと笑って、

「どうぞ、おかわりを……」

佐七の茶碗《ちゃわん》に飯をよそい、次に孫十郎に茶碗を乗せる小さな盆を差し出した。

「いや、わしはこれで十分だ」

孫十郎は断ると、ご飯に味噌汁を掛けて喉《のど》に流し込み、まもなく立ち上がって退出して行った。

「なんだか暗い感じの人だこと。でも、どこか体が悪いのかしらね、昨夜は何度も咳《せ》き込んでいたから……ねえ」

おけいは亭主の佐七の顔を見る。

「おけい、余計な詮索《せんさく》をするもんじゃねえ。行くぞ」

佐七はおけいを促して立ち上がった。

「あら、もうおしまい？……今日はどちらの方面にお出かけですか？」

佐和がにこにこして入って来た。

「はい、今日は上野の方に行ってきます。安いお宿に泊めていただいていますから、その分、たくさん見て回れます」

おけいは楽しそうに告げると、佐七と出かけていった。

「いいですね、あつあつで……おけい、はい、なんて、仲がいいんだから」

おとらがくすくす笑って食器を片付け始めたその時、

「ごめんください、佐和さん、お仲《なか》でございます！」

勝手口で声がする。

佐和はすぐに隣の台所に向かった。

お仲は葛西《かさい》の百姓の女房である。頃合いを見て野菜や川魚を届けてくれているのだが、今日の背負い籠《かご》には大根の大きな葉が見える。

「お客さんはお出かけのようですね」

お仲は籠を台所の板の間に置いた。

「ええ、若い夫婦者でしょ？」

佐和は籠の中の野菜を覗きながら言った。

「いいえ、私が会ったのはお侍です。ずいぶん顔色が悪い人だなって。思い詰めたような怖い顔して、大丈夫なんですか、あんな人まで泊めてしまって……」

お仲は案じ顔だ。

「宿に困った人ならどなたでも……それが旦那《だんな》さまのお考えですから……」

佐和は事も無げに笑った。

「まったくもってお人好《よ》しですね、市兵衛さんというお方は、私のおっかさんの話じゃ、子供の頃からお優しい方だったようですからね」

お仲は首元に吹き出た汗を、ぬぐいながら言った。

「お仲さんのおっかさんは、誰よりも旦那さまの子供の頃を知っているのだと言っていましたものね」

「はい。市兵衛さんは、やっとうの腕前は子供の頃からぬきんでていたようですが、虫けらひとつ殺せないんだって」

「そういえば、油虫殺せないですよ、あの人」

佐和は笑って、

「昔の、子供の頃の話なんて、私にはなんにもしてくれないから」

首をひねってみせた。

「それはきっと、思い出すのも辛《つら》いのかもしれませんね、一之進《いちのしん》様と呼ばれていた昔の話をするのは……」

お仲は背負い籠から野菜を出して並べながら、

「なにしろお家が断絶にならなければ、今頃市兵衛さんは、旗本三百五十石、笹岡《ささおか》家で殿様と呼ばれるお方なのですから……」

佐和は小さく頷いた。

お仲の両親も葛西の百姓だったが、当時は市兵衛が暮らしていた旗本笹岡家の屋敷に野菜を運んでいたと聞いている。

だからお仲も、その両親から笹岡家についてはよく聞いていたらしく、市兵衛がこの宿を営むと知り、また昔のように野菜を運んで来るようになったのだ。

お仲はこの宿にやって来ると、佐和の知らない笹岡家の昔の話などしてくれる。亡《な》くなった市兵衛の母の話から始まって、お屋敷にあったという高価な珍しい壺《つぼ》やふすま絵など話は尽きぬが、しかしそれは、皆両親からの受け売りだ。

ただ佐和も、家が断絶となり、両親を相次いで亡くした市兵衛が江戸を出て諸国を回り、剣の修業をしていたことは市兵衛自身から聞いている。

佐和が市兵衛に会ったのもまさにその頃で、京の鴨川《かもがわ》近くの料理屋で一弦の琴を弾いていた。

その時料理屋にやって来た市兵衛は、諸国を巡り疲れて尾羽打ち枯らした浪人の体だった。

「俺は天涯孤独だ」

などと笑っていたが、それは佐和も同じで、頼る人もいない身の上、一弦の琴で身過ぎ世過ぎをしていたのだ。市兵衛を慰める余裕はなかった。

ただ、佐和が奏でる一弦の琴の音色が気に入ったのか、市兵衛は何度か佐和の琴を聞きに来ていた。

ところがある日、市兵衛はふっと京からいなくなった。

また諸国を回っているに違いないと佐和は思っていたのだが、二月ほど経《た》った頃に再び現れた。

京に雪が降り始めたある日の事だ。市兵衛は町人のなりで佐和の前に現れたのだった。そして、

「俺は四国八十八カ所を回ってきた。そなたの琴を聞いていて、八十八カ所を巡ろうと思い立ったのだ。お陰で、この先をどう生きるか、少し見えてきたように思う。どうだろうか、私と一緒になってくれないか。私は江戸に戻って『へんろ宿』をやるつもりだ」

市兵衛の顔には、静かな生気が漲《みなぎ》っていた。

佐和が二つ返事で市兵衛の申し出を受け入れたのは言うまでもない。

ただその佐和も、どのような理由で家が断絶となったのか、詳しい事は聞いてはいない。佐和だって自分の過去を詳しく話してはいないのだ。

そんなことより、佐和にとっては、これから市兵衛と一緒に同じ道を歩める事が嬉《うれ》しかったのだ。

へんろ宿のことも雲を摑《つか》むような話だったが、市兵衛のひたむきな思いに心を打たれていた。これから歩む道が、ほんの少し人の助けになるのなら嬉しい、そう思ったのだ。

市兵衛は江戸に戻ると、へんろ宿を営む場所を回向院の門前に決めた。回向院は江戸の無縁仏を祀《まつ》る寺である。へんろ宿という宿にふさわしい場所だと思えた。

「そうだ、お仲さん、卵をお願いします。十個はほしいわね」

佐和の頭の中には、今にも倒れるのではないかと思われる中根孫十郎の姿が浮かんでいた。

――あのままでは何時《いつ》死んでもおかしくない。滋養をつけてやらなくては……。

佐和はそう思った。

「佐和さま、今卵は高いですよ。いえね、こちらには特別お安くいたしておりますが、それでも一個十二文はいただかないと……」

お仲は申し訳なさそうに言う。

なにしろ大福が一個四文である。卵もお仲以外のところで買えば一個十六文、蕎麦《そば》一杯の値段と一緒だ。それに比べれば一個十二文は安い。お仲の心尽くしが入っているからだ。

「それで結構です。お願いします」

佐和は言った。

宿の商いで高い卵を買うことは出来ないが、佐和は五日に一度、町の娘たちに一弦琴を教えているから、それでまかなえる。

弟子は皆裕福な商家の娘だから、謝礼金は思いの外多い。宿の上がりよりずっと一弦琴が稼いでいる。

「やれやれ、あんまりお人好しな商いをしていると、宿をたたまなくちゃならなくなりますよ」

お仲は笑って立ち上がった。

二

佐和が体を案じている中根孫十郎は、谷中感応寺《やなかかんのうじ》の側《そば》、新茶屋町にある『いろは茶屋』の前にいた。

このあたりには岡場所が四十七軒もあって、根津にある岡場所と、その賑《にぎ》わいを競っていた。中でも、いろは茶屋の主庄兵衛《しょうべえ》は、表向きは煮売料理屋として大きな店を構え、女郎は総伏せ玉、いい女を抱えていると評判だった。

孫十郎は店の前を行ったり来たりしていたが、意を決したように中に入った。

だがまもなくの事だった。孫十郎は、店の中から放り出された。

二間《にけん》は飛んだだろうか、腰から大きな音を立てて地面に落ちたものだから、なんだなんだ、何があったんだ……などと口走りながら、大勢の人が、腰を押さえてうめいている孫十郎のまわりに、遠巻きに集まって来た。

「旦那、大丈夫ですかい？」

大工の親父《おやじ》が孫十郎に近づこうとしたその時、店の中から人相の険しい若い衆二人が出てきた。

大工は、あっとなって、孫十郎から離れる。

「死に損ないめ、うちの店にいんねんをつけに来たのかい？」

若い衆の一人で目のぎょろりとした男が、着物の裾《すそ》を捲《まく》りあげて、うめいている孫十郎を冷たく見下ろして言う。

「けっしてそんな訳では……わしが尋ねた女がいるのかどうか、知りたいだけだ」

孫十郎の顔には、どんな屈辱を受けようとも、甘んじて耐える覚悟が見える。

「ふん、何年前のことを言っているのか……料理も酒もいらねえ、女もいらねえ、そんな客は迷惑ってもんだ」

今度はもう一人の、顔の長い若い衆が言った。

「頼む、店の旦那か女将さんに聞いてくれないか」

孫十郎は、目のぎょろりとした若い衆の足に縋《すが》り付いた。

「しつこいな！」

目のぎょろりとした若い衆は、孫十郎の手を邪険に払うと、

「失《う》せろ！」

その胸を蹴飛《けと》ばそうとしたその時、

「待て、何を騒いでいる……」

野次馬の中から現れたのは、北町奉行所の同心坂本数馬《さかもとかずま》と岡っ引きの欽次郎《きんじろう》だった。

「これは旦那……」

目のぎょろりとした若い衆は、蹴り上げようとした足を引っ込めると、苦笑して言った。

「いんねんをつけられたんでさ、こちとら身に覚えのない話でね」

「いんねんだと……」

数馬は、欽次郎の手を借りて、よろりと今立ち上がった孫十郎を見た。

「いんねんをつけた訳ではない」

孫十郎は言った。

「人探しをしているのだ。それで、こちらにいないかと聞こうとしたのだ。最後まで聞かぬうちにこの有様……」

孫十郎は腰をさすった。その表情から痛みが次第に酷《ひど》くなっていくのが分かる。

「探している人の名は……」

数馬が訊いた。

「こちらではなんという名で奉公していたのか分からぬが、おれんという女だ」

「おれん？」

数馬が復唱して若い衆に問う目を向けると、

「知らねえな、聞いたこともねえや」

若い衆二人は顔を見合わせ、肩を揺すって笑う。

「丸顔で、ここにほくろがあって……」

孫十郎は、唇の右口角を指す。

「知らねえって、何時の話をしているんだ？」

若い衆は、いらいらと言う。

「十年ぐらい前だと思うが……」

すると若い衆二人は腹を抱えて笑い、

「じゃあもう婆《ばあ》さんじゃねえか、そんな婆さんはいねえよ。きっとどこかでのたれ死にしているに違《ちげ》えねえんだ。ばかばかしい、おい」

目のぎょろりとした男は言い捨てると、顔の長い男と店の中に戻っていった。

取り巻いていた野次馬たちも、見る間に散っていく。

その時だった。

「ごほ、ごほ」

孫十郎が激しい咳をし、懐《ふところ》の手ぬぐいで口を押さえた。口元をすばやくぬぐったその手ぬぐいには、真っ赤な血が混じっている。

「！……」

孫十郎は慌《あわ》てて手ぬぐいを懐にしまったが、数馬がそれを見逃すことはなかった。

「病んでいるのか……大丈夫か」

眉《まゆ》をひそめ、孫十郎の肩に手を置いて尋ねるが、

「大事ござらぬ、風邪をこじらせただけだ。手数をおかけした」

支えてくれていた欽次郎の手をほどいて、その場を離れようとする。その足下はおぼつかない。

「もし」

数馬は呼び止めて、

「捜し人は、本当にあの店にいたのか……今何歳になるのだ？」

振り返った孫十郎に訊いた。

「国元の知り合いに一月前に会った時に、その男が十年前にいろは茶屋で偶然会ったと言っていたのだ。おれんと言葉は交わさなかったが間違いないと……歳《とし》は今年で四十になった筈《はず》だ」

孫十郎はそう告げると、数馬に背を向けた。

孫十郎は、その晩から寝込んでしまった。

宿には、どこかで拾った木の枝を杖《つえ》にして帰って来たものの、夕食も摂《と》れないほど腰の痛みを訴えた。

宿泊していた部屋は二階だったために、階段も上れず、市兵衛はおとらに言いつけて台所の隣の物置部屋を片付けさせ、そこに孫十郎の布団《ふとん》を敷いてやった。

物置部屋の隣はおとらの部屋だから、孫十郎の面倒も見てもらえると思ったのだ。

佐和はすぐに医師の純庵《じゅんあん》を呼んできて診せた。

純庵は診察を終えると、孫十郎が居る部屋を出、居間に移動してから佐和に告げた。

「腰の痛みは打撲ですな。骨が折れている訳ではないので、数日すれば痛みは和らぐ。痛み止めの薬を出しておきましょう」

佐和の前に薬包紙を置き、

「心配なのは、あの咳ですな」

険しい表情で言った。

「風邪ではないのですね、まさか労咳《ろうがい》では……」

佐和は不安な顔で訊く。労咳と分かれば宿に泊める事は難しくなる。へんろ宿には離れの部屋がなく、自分たちはともかく他のお客の健康が案じられるからだ。

「労咳よりも、もっとやっかいな病かもしれませんな」

純庵は難しい顔で言い、おとらが運んできた金盥で手をゆすぎながら、

「咳止めは後でとりに来るように。それでおさまるかどうか……一時しのぎかもしれませんが、抑えてくれる筈です」

手を拭《ふ》いた手ぬぐいで、首に光っている汗もぬぐった。

「純庵先生、やっかいな病とは……はっきりおっしゃってください」

佐和は、膝を寄せて小声で訊く。

「今の医術では断言は無理ですな。人に移す病ではないと見ている。まっ、もうしばらく様子を見ましょう」

純庵は、そう言ってから帰って行った。

それから三日間、孫十郎は痛みを訴えていたが、純庵の言う通り徐々にそれは治まっていったようだ。

咳の方もずいぶんと楽になったように見えたが、食欲はあまり出ないようだった。

佐和は粥《かゆ》を炊き、それに、お仲が運んできた卵を落として孫十郎に食べさせた。

「卵か……かたじけない。久しぶりだ」

などと孫十郎は言い、じっとしばらく茶碗の中を見詰めたあと、ひと匙《さじ》ひと匙、ゆっくりと味わうように全部食べたのだった。

「女将さん、あの旦那からはまだ百文しかいただいてないんですよ。長逗留どころか看病までさせられて、しかも朝晩卵を食べさせるなんて……」

おとらは、奥の座敷で帳面を照らし合わせていた市兵衛と佐和に夕食の用意が出来たことを告げに来て、頬を膨らませた。

「おとらさん、おまえには随分と厄介を掛けている。すまないと思っている。だが私も佐和もあの人を放ってはおけないのだ。病んだ者を邪険に扱っては、へんろ宿の名が廃《すた》るというものだ」

市兵衛が取りなした。

「旦那さままで……」

おとらは、ぎゅっと睨《にら》んでから台所に引き上げて行った。

「それにしても、佐和、あの旦那は、なぜあんな怪我《けが》を負ったのだ……佐和にも何も言わないのか？」

市兵衛は、帳面を下に置いて言う。

「ええ、旦那さまにも何も？」

佐和は聞き返す。

「しゃべらぬ、何もな……しかし、ただ事ではないな。何か深い事情がありそうだ」

二人が大きくため息をついたその時、夫婦者の佐七とおけいが入って来た。

「ただいま帰りました。孫十郎さんのお加減はいかがですか？」

神妙な顔で並んで座る。

「ありがとう、昨日は孫十郎さんに桜餅《さくらもち》を買ってきてくださったのですね。とっても喜んでいましたよ」

佐和は、孫十郎が嬉しそうに頬張っていたと告げた。

「良かった……」

おけいは佐七と顔を見合わせて微笑むと言った。

「なんだかお気の毒で……孫十郎さん、自分は天涯孤独の身だ、所帯も持ったことはない、それが心残りだとしみじみ言っていたんです。それなのに私たちには、幸せになりなさいよ、なんて言ってくれて……最初は怖い人だと思っていたのに、孫十郎さんもこれまでの人生でいろいろあったんだなって思って、なんだか考えさせられちまいました。だって、あたしのおとっつぁんの年の頃なんだもの」

　すると佐七は、

「あっしはこんな事を言われました。おけいさんをどんな事があっても離しちゃだめだぞって」

　なんだかその言葉が重く感じられたと言う。

「そう……」

　佐和は頷いた。

　ふっと昨日のこと、佐和はところてんを孫十郎の部屋に運んだが、その時孫十郎が、女物の柘植《つげ》のくしをじっと見詰めていたのを思い出す。

　孫十郎は佐和が部屋に入って来たのに気づき、すぐに柘植のくしを懐に突っ込んだが、佐和はしっかりとそれを見ている。

　気にはなったが、見なかったふりをした。旅の人が自分の方から話さない限り、根掘り葉掘り訊くことはしない。

　ただ、大概のお客が、相客と一緒に食事をすると警戒する心も解けるようで、胸襟《きょうきん》を開いて語り合うのはよくある事だ。

とはいえ、若い二人が縁もゆかりもない孫十郎を心底案じてくれているのが、佐和には嬉しかった。

きっといつの間にか心が通じ合ったのに違いなかった。

「私たちの江戸見物も、あと数日になりました。明日は木挽町《こびきちょう》の方に行ってみようと思っています。江《え》島《じま》生《いく》島《しま》の話を聞きましたので……」

佐七はそう告げると、これから食事をいただきますと腰を上げた。

三

孫十郎は布団の上に端座して目を閉じ、耳を澄ましている。

佐和が弾く一弦の琴の音が聞こえているのだ。

すっかり回復した孫十郎は、寝るには早いひとときをもてあましていたところだった。するとその時、夜のしじまに語りかけるような琴の音に気づいたのだ。

一音、一音、その音は孫十郎の心を遠い昔に導いていく。

「……」

孫十郎の脳裏には今、川筋をきらきらと照らす漁り火が見えているのだ。

その火を見詰める男と女。じっと肩を並べて漁り火を見ている。

やがて女が立ち上がった。男も、はっとなって立ち上がる。

男が何か女を引き留めるような言葉を発するが、女は男に一礼して走り去る。

男は立ち尽くして女を見送るが、女が薄闇の中に消えると、手に握りしめていた柘植のくしを、じっと見詰める。

背後で寺の鐘が鳴り始める。時の鐘だ。

男の手がぶるぶる震えて、男は漁り火の方にくしを投げ捨てようと腕をあげた。だが、

「くっ」

苦悶《くもん》の声を上げると、男は柘植のくしを持つ手を下ろした。未練で捨てられないのだ。

男はどさりとまたそこに腰を落とすと、遠くの漁り火を見詰めた。

孫十郎は懐からその時の、女物の柘植のくしを取り出した。じっと見詰める。

悲哀が孫十郎の顔をよぎった。

その時だった。

「孫十郎さん……」

戸の向こうから、市兵衛の声が聞こえた。

孫十郎は慌ててくしを懐に差し入れると、

「どうぞ」

戸の向こうに呼びかけた。

すると戸が開いて、市兵衛が銚子《ちょうし》と盃《さかずき》二つを持って入って来た。

「どうです一杯？」

孫十郎の前に盃を置いた。

「随分と世話を掛けて申し訳ない。咳はまだ残っているが、お陰様で随分と良くなった。ですが酒は……」

孫十郎は、律儀《りちぎ》に居住まいをただして固辞した。

「いや、これは甘酒です」

市兵衛は笑った。

「お茶でもよかったのですが、せめて甘酒で元気になったことを祝いたいと思いましてな。医者も驚いていた。体を鍛えているのが分かったと」

二人の盃に甘酒を注ぐ。

「いや、鍛えるなど……あちらこちらを歩き回ってこの江戸に参った、それだけだ」

孫十郎も笑った。

「そうですか、実は私も数年前まで全国を修業してまわっておったのです。侍のはしくれで、剣の修業のつもりでしたが……」

「やはりそうでしたか」

孫十郎は頷くと、この宿に入った時から、市兵衛は侍の出ではないかと気づいていたと打ち明けた。

二人は盃をとって乾杯した。

「いや、ほっとしました。怪我をして帰って来た時には、どうなるかと思ったものです」

市兵衛の屈託のない顔に、孫十郎は訊いた。

「しかし何故《なぜ》……主殿は侍を捨ててこの宿の主になったのですか」

「剣術の修業だなどといっても、それで心の中が満たされたかというと否、すさんでいくことに気づいたんです。私の心の深淵《しんえん》を慰めてくれたのは四国の八十八カ所めぐりでした。それで侍を捨て、へんろ宿を始めたのです」

孫十郎は頷《うなず》いた。市兵衛の話は、孫十郎の心にすとんと落ちたようだ。

その耳朶《じだ》に、また佐和の琴が聞こえてくる。

「では退散しますかな」

市兵衛が膝を起こしたその時、

「市兵衛さん」

孫十郎が顔を上げた。真剣な顔をしている。

市兵衛は黙って起こした膝を元に戻して、孫十郎の顔を見た。

「話を聞いてくれますか」

孫十郎は言った。

「誰にも話すことのなかった醜聞ですが、もう隠す気力も失せた。この宿の皆さんから手厚い看病を受け、あの無邪気な若い夫婦を見るにつけ、己の人生はなんだったのかと恥じ入るばかりです。市兵衛殿、馬鹿《ばか》げた人生を送ってきたわしの話を聞いてもらいたい」

市兵衛が頷くと、孫十郎は静かに語り始めた。

それは今から二十年も前のことだと言う。当時孫十郎は、高田藩で寺役人をやっていた。

寺は藩主家の菩提寺《ぼだいじ》で、寺役人は二人いた。いずれも下級武士。家禄《かろく》はわずか七石、ただ寺に居れば何かと恩恵にあずかるから、暮らしに困る訳ではなかった。

相方の男も同じような年頃だったが、寺内の長屋で所帯を持って暮らしていた。女の実家が大百姓だったから、日々の暮らしも孫十郎の目には贅沢《ぜいたく》に見えた。

自分も所帯を持ちたいと思っても、そうそう嫁になってくれる女が見つかる訳ではない。

あきらめかけていたある日のことだ。

見知りの洗濯女から、うちの娘を嫁に貰《もら》ってくれないかと持ちかけられたのだ。

住職や大黒さんの洗濯をするために、五日に一度ほど寺にやって来る女だが、女にはおれんという娘がいた。

おれんは少女の頃から洗濯女の母親にくっついて寺にやって来ていたから、孫十郎とも知らぬ仲ではなかった。いつだったか久しぶりに会った時、どきりとした事があった。おれんはいつの間にか少女から艶かしい色気漂う娘に成長していたのである。

洗濯女のいう事には、実は娘はさる侍の妾《めかけ》の子で、その妾はおれんを産んでまもなく死んだが、母親とは友達だったことから、今際《いまわ》のきわに娘を託して息絶えたのだというのである。

孫十郎は、すぐに嫁に貰いたいと返事をした。いいも悪いもなかった。なにしろ相方が、昼間から女房といちゃいちゃしているのを見るにつけ、男盛りの孫十郎の体は、女の体を求めてうずいていたのだ。

まもなく母親は娘を連れてやって来た。孫十郎は、おれんを誘って川縁《かわべり》に出、近くの茶屋に向かったが、その道すがら、

「わたしは孫十郎さんとは一緒になれない。好いた人がいるんです」

いきなり耳を疑うような告白をされたのだ。

ところがその好いた男というのが、藩の徒目付《かちめつけ》で所帯持ちだというのである。おれんが洗濯女の母と久しぶりに寺にやって来たあの日に、その男も先祖の墓参りに来ていたようだ。

水くみ場で初めて会っただけだったのに、男は帰り際《ぎわ》におれんに近づいて来て誘ったのだと言う。二人はすぐに恋仲になった。もう別れる事は出来ないのだとおれんは言い、

「でもその人にはお内儀がいる。だからおっかさんは孫十郎さんと一緒にしたかったんです」

悪びれることもなく、おれんは打ち明けた。

孫十郎は怒って母親に談判した。すると母親から、だからこそあの子を救えるのはあなた様しかいないのだと、泣きつかれて孫十郎は負けた。

それと、おれんから不義を打ち明けられたにもかかわらず、孫十郎はもうその時、断ち切れない魅力を感じていた。

孫十郎はおれんに、不義は身の破滅だ、と思いとどまるように説得してみた

が、おれんは聞き入れてはくれなかった。

俺も男だ、このまま引き下がる訳にはいかないと、孫十郎は川筋に漁《いさ》り火の見える夏の夜に、おれんを大川の土手に誘った。

かねてから用意していた柘植のくしを渡し、最後の説得と求愛をしようと思ったのだ。

ところがおれんは、話の途中で立ち上がり、

「これっきりです、孫十郎さま。もう、私につきまとわないでくださいね」

そんな冷たい言葉を残して、闇《やみ》の中に消えていったのだ。

数日後、おれんは徒目付の三枝《さえぐさ》啓介《けいすけ》と駆け落ちしたという噂《うわさ》を聞いた。

孫十郎が三枝を恨み、憎んだのはいうまでもない。

さらに数日後、事の次第が発覚して三枝家は断絶、その妻は実家に帰ったという。

孫十郎の怒りは、その後も消えることはなかった。

悶々としたあげく、ついに孫十郎は無断で藩を出た。脱藩したのだ。二人を探し出して二つに重ねて殺さねば、この腹がおさまらない。その執念を燃やし

続けてきたのである。

「市兵衛殿……」

　孫十郎はそこまで話すと、市兵衛に呼びかけた。

「ところが一月前のことです。偶然、昔道場で一緒に稽古《けいこ》を積んだ古い友に会ったのです。その友から、おれんは江戸にいる、岡場所に売られたようだと聞きまして……」

　話しているうちに、孫十郎の目は鋭い光を放っていた。

「なるほどそれで江戸に……」

「ただ、その友がおれんを見たのは十年前だと言ったのです。脱藩していなければ早くに分かっていたものを……」

　孫十郎の顔には悔しさがにじんでいる。

「場所は？」

　市兵衛が訊いた。

「谷中の茶屋だと聞いていたので行ってみたが、十年も前のことです。若い衆に鼻で笑われて放り出されました」

怪我の原因はそれだったのかと市兵衛は頷くが、しかし十年も前の話なら、さもありなんと思った。

「わしはもうこの歳です。そして重い病に罹《かか》っていることも承知です。いまさら二人重ねてぶった切るなどという思いは無い。ただ、この命の尽きる前に、せめておれんの幸せを確かめて死にたい、そう考えているのです」

孫十郎は言った。

市兵衛は深く頷いていた。孫十郎も市兵衛と変わらぬ年頃、この世に恨み辛みを残して去るほどわびしいものはないだろうと思うのだ。

「話を聞いて安心しました。おれんさんに巡り会えることを祈ります」

市兵衛の言葉に、孫十郎は深く頭を下げていた。

翌日、孫十郎は出かけて行った。若い夫婦も後を追うようにして江戸見物に出かけていくと、市兵衛は久しぶりに庭に降りた。

市兵衛の右手には、手の脂《あぶら》が染《し》みついた木刀が握られている。

侍を捨ててから刀は押し入れの行李《こうり》の中に入っている。剣術の稽古をする事もなかったが、昨夜孫十郎の話を聞いたことで、何かもやもやとした物が胸を覆《おお》っていたからだ。

市兵衛は片肌脱ぐと、草履を脱ぎ、手にある木刀を、二度、三度と力を入れて振った。

背後の縁側を通りかかった佐和が、立ち止まって驚いて見ている。

だが市兵衛は振り向きもしない。空を睨んだあと、正眼に構え、次の瞬間、声を上げて打ち下ろした。

右に、左に、齢《よわい》五十とは思えぬ俊敏さで、鋭く木刀を振り続ける。うっ、うっ、とうなる声には、殺気さえ感じられる。

「やはり達人です。町人になっても、親父さんの腕は少しも衰えていない」

庭に同心の数馬が岡っ引きを連れて入って来た。

「まあ、坂本さま……」

嬉しそうな声を出したのは、佐和だった。

やって来たのは、谷中で孫十郎を助けた、あの同心だった。

「どうぞこちらに、今お茶をお持ちいたしますね」

佐和は、いそいそと台所の方に向かった。

「どうだね、定町廻りも板についたようだな」

市兵衛は素振りの手を止め、にこにこして言った。

「はい、お陰様で……それもこれも親父さんのおかげです。あの時助けていただけなかったら、私はもうこの世にはいなかった」

「はっはっはっ」

市兵衛は楽しそうに笑った。

数馬の話は、市兵衛がまだ町人になる前のことだ。

江戸にふらりと戻って来た素浪人の市兵衛は、浅草寺で匕首《あいくち》をてんでに翳《かざ》したならず者に追い詰められている同心を見た。それが数馬だったのだ。

数馬はその時、岡っ引きの欽次郎を従えてはいなかった。まだ見習いで、定町廻りの現場を自分の足で踏み始めたところだった。

隠れ賭博《とばく》の通報を受け、先輩たちをうならせてやるなどと手柄を立てることに躍起になって浅草寺《せんそうじ》境内に走ったが、十手《じって》を出したところを、ならず者たちに取り囲まれたのだった。

ならず者は五人。いずれも匕首を抜いている。剣術に自信のない数馬は、もはやこれまでかと自分の軽率さを悔いたその時、

「待て待て、俺が相手をしよう」

ふらりと近づいて来たのが、市兵衛だったのだ。

「何、関係ねえ者は、ひっこんでな！」

悪態をついたならず者を、市兵衛は次の瞬間二間ほど吹っ飛ばしていた。

まさに尾羽打ち枯らした浪人の形《なり》だったが、市兵衛は強かった。あっという間に五人の腕をねじ上げ、ぶっ飛ばし、ならず者たちは悲鳴を上げて逃げていった。

そして、市兵衛は数馬にこう言ったのだ。

「十手を見せれば誰もが恐れ入る訳ではないぞ。探索は慎重に、そしてその腕も磨かねば、定町廻りはつとまるまい」

厳しい助言をしてくれたのだった。

以後数馬は、市兵衛を親父さんと呼んで慕っているし、剣術も市兵衛が推した一刀流の道場に通って磨いている。

「それで、今日は何の用だ……まさか私の顔を見たくて立ち寄った訳ではあるまい」

市兵衛は言った。

「はい。実はこちらに、中根孫十郎という侍が逗留《とうりゅう》しているのではないかと思いまして」

「確かに、ここに逗留している。今日は出かけたがな」

木刀を縁側に置き、片肌脱いだ袖《そで》に腕を通しながら、市兵衛は怪訝《けげん》な顔で数馬を見た。

「いや、実はですね」

数馬は数日前に、谷中で起きた騒動のことを市兵衛に話した。

「そうか、それでよく分かった」

市兵衛は、お茶を運んできた佐和と顔を見合わせると、昨夜孫十郎から人探しをしているのだと告白されていた事を数馬に話した。

「そうでしたか……」

数馬は笑って、

「でも私が中に入らなければ、もっと酷い目にあっていた筈です。あとで店の者に聞いたら宿はこちらだと……それで親父さんの耳に入れておいた方が良いと思ったのです」

市兵衛の顔を見た。数馬も当時から比べると定町廻りが板についたようだ。

――しかしそうまでして……。

女を捜す孫十郎が市兵衛には哀れに思えた。

「それで、その店におれんという女は居たことがあったのか？」

市兵衛は数馬に訊《き》く。

「はい。十年前には確かにいたようです。ですが知っているのはやり手婆ぐらいで、今あそこにいる若い衆など皆知らないようでした。ただ驚いたのは、やり手婆のお竹《たけ》の話では、おれんは八年前に近くの稲荷《いなり》神社の木の枝で首をつって死んでしまったというんです」

「何……死んだのか？」

市兵衛はため息を漏らす。

「おれんをあの岡場所に売った男がたびたび金をむしりにきていたようですか

ら、おれんは先行きに希望が持てなくなったんじゃないかと言っていました」

市兵衛の頭には、昨夜神妙な顔で女との話を告白してくれた孫十郎の顔がちらつく。

孫十郎は、今となっては二人重ねて切り捨てるなどという事は考えてはいない。この病だ。自分の命が尽きる前に、おれんが幸せに暮らしている事を確かめたい、それで江戸にやってきたのだと言っていた。

――その願いも砕かれたと知ると……。

あの男はどういう事になるのだろうか。

生きてきた証《あかし》を、女が無事幸せに暮らしていることに求めようとしていた孫十郎のことを思うとやるせない。

女が失望のうちに首をくくって死んだなどと知ったなら、自分の人生全《すべ》てをつぶされたような、何のために生きてここまでやってきたのかと、生き様全てを否定されたような気分になるのではないか。

「親父さん……」

案じ顔の市兵衛を数馬が呼んだ。はっとして顔を向けると、

「私が心配しているのは、あの浪人はいずれ、おれんが稼ぎをむしり取られていたことも、希望を失って自殺したことも知ってしまうに違いありません。すると次には相手の男の居場所も突き止めるでしょう。なにしろあの執念ですからね。そうした時に暴挙に走らないよう、親父さんには目を光らせていていただきたいのです」

「分かった……で、その男というのは、三枝啓介のことだな」

「そうです、名前は知りませんが、三枝という男です」

数馬は言った。

市兵衛の胸に、怒りの火が点《とも》った。三枝啓介は、おれんと駆け落ちした男ではないか。

「三枝の居場所は……」

「それは、やり手婆も知らないと言っていました」

「知らないのか……」

「親父さん、この欽次郎をたびたびこちらによこしますから、何か連絡がある時や用事がある時には、使ってやってください」

欽次郎が数馬に頷《うなず》いて言った。

「なんでも遠慮無く、おっしゃってくださいやし」

欽次郎は頭を下げた。

四

いったん治まっていた孫十郎の咳《せき》がまた始まったようだ。

食事をして部屋に向かった孫十郎だったが、皆が食後のひとときを過ごしている今も咳が聞こえてくる。

「大丈夫かしら。今日も疲れた顔をして帰ってきたんです」

佐和の言葉を受けて市兵衛は孫十郎の部屋に向かった。

孫十郎はその時、刀に息が掛からないように唇に布をくわえ、抜き放った大刀の切っ先を立てて持ち、険しい目で刃を嘗《な》めるように点検していた。

そして次の瞬間、片膝《かたひざ》を立てたと思ったら、一太刀空を斬《き》った。

殺気だった音が流れた。部屋の空気は一瞬にして凍り付く。

「ふう……」

深い息を静かに吐いたところに、市兵衛が戸を開けた。

「！」

市兵衛は一瞬驚くが、何食わぬ顔で部屋に入った。

孫十郎も慌てて刀を鞘《さや》におさめ、市兵衛を迎えた。その顔には切迫した影がまだ残っている。

「咳がまた酷くなったと皆が案じておりますぞ」

市兵衛は孫十郎の前に座って訊いた。

「心配をかけてすまぬ。何、たいしたことはござらぬ。ここに来るまでの事を思えば、格段に胸は楽になっておる。それより市兵衛殿、出入りの百姓女が女房殿と話をしているのを聞いたのだが、市兵衛殿は歴とした旗本であったと……」

「何、昔の話だ。もう家はない」

市兵衛は苦笑する。

孫十郎は神妙な顔で頷くと、

「そう言えば、この間の市兵衛殿の話では、全国を剣の修業で回られたとうかがった。それには事情があったのだと存ずるが、どうだろうか、市兵衛殿にたっての願いがござるのだが、頼まれてもらえぬか」

きっと市兵衛の顔を見て言った。

「はて、何のことですかな」

市兵衛はとぼけた口調で笑ってみせたが、

「いやなに、他でもない。わしとお手合わせ願えぬものかと」

孫十郎の目は真剣だった。この宿を訪ねてきた時のように異様な光をたたえている。

「なぜにまた、そのような事を申される」

市兵衛は見返して言った。

「体がなまって長い間刀を振り回していないのだ。しかも病に冒されている。まだ手合わせが出来る力があるのかどうか確かめてみたいのだ」

どうしてもという強い意志が目の光に漂っている。

だが市兵衛は即座に言った。

「よした方がいい。それとも、何か切羽詰まった訳でもあるのですかな？」

「いえ、そういうことでは……」

孫十郎は狼狽《うろた》えた。

「ならば、年寄りの冷や水、私も剣を捨てて久しいゆえ、手合わせなど難しい」

「まさか、市兵衛殿には隙《すき》がない。剣の達人とお見受けする。剣の記憶を取り戻すだけで良いのだ」

膝を寄せる孫十郎に、

「何を思い立ったのか知らないが、私がこの宿を始めようと思ったのも、剣ではけっして心の中の鬱屈《うっくつ》や屈託を払うことはできないと分かったからです。剣の腕をいくら磨いて人を倒しても満足は得られない。剣はただ人を傷つけたり殺したりするものなのか。いや剣は……などと様々考えてみたが、納得の答えは得られなかった。私はそこで、四国遍路を決行したのです。するとどうでしょうか……一月かけて八十八カ所を巡ったのだが、少しずつ見えてきたものがあったのです。口では説明が難しいが、心が変化するのが分かった。遍路道は険しく、宿も粗末だったが、行き交う人たちとは心が通じ合っていると感じられたし、遍路宿では人の親切が身にしみた。一人で歩いているのに一人ではないと感じられた。八十八カ所を巡り終える頃には、心が満たされているのを実感したのです。だから私は武士を捨てた。剣に頼る道は捨てたのです。ですから、手合わせは出来ませんな」

「……」

「孫十郎殿、最後の最後まで、恨みの亡者《もうじゃ》に引きずり回されるのはよした方がいい」

市兵衛は、きっぱり言った。

孫十郎は言葉を返してこなかった。だが、

──市兵衛殿にわしの思いが分かる筈がない……。

孫十郎の無言の表情には、そんな反駁《はんばく》するものが見て取れる。

「みんな案じている、孫十郎殿の体をな。あの若い夫婦もだ。出かけるのもいいが少し休まれた方がいい」

市兵衛はそう言い置いて部屋を出た。

市兵衛には分かっていた。なぜ孫十郎が剣を抜き放っていたのかを……。

孫十郎はおれんが首をくって死んでしまったこと、そしておれんを岡場所に売り、金を奪い取っていた男を突き止めたに違いないのだ。

市兵衛は、孫十郎がいる部屋を振り返った。

——このまま放って見ている訳にはいかぬな……。

思案の顔で、市兵衛は薄闇を見た。


翌日市兵衛は谷中の岡場所に向かった。

孫十郎は朝から激しく咳き込んで、純庵の診察を受けている。

「数日は安静にするように」

純庵は孫十郎に厳しく言って帰って行った。

けっして宿から出さないように市兵衛は佐和に言いつけて宿を出てきたのだ。

目当てのいろは茶屋はすぐに見つかった。

「さて、銚子一本と、そうだね。何かうまい煮物を見繕ってくれないか」

座敷に座ると、出てきた若い男に頼んだ。

「どうぞごゆっくりなさってくださいやし。なじみはございますか」

若い男は、なじみの女郎がいるかと聞いているのだ。

店の中を見渡したところ、食事を出す座敷の隣に板の間があり、長い暖簾《のれん》で仕切られてはいるが、暖簾の下には白い足が行き来するのが見える。それも大勢だ。若い女の声も聞こえる。

どうやらお客は、ここで女を注文し、それから奥の部屋に案内されるらしい。市兵衛が座った近くで先ほどから酒を飲んでいた男も、若い衆に声を掛けられて奥に歩いて行ったのだ。

「いや、私は遊びに来たのではないのだ。やり手婆のお竹さんに会わせて貰いたい」

市兵衛は酒を運んできた若い衆に、金一朱を握らせた。

「こりゃあどうも、少しお待ちを……」

若い衆は、すぐに奥に入って行った。

まもなく、痩《や》せて白髪交じりの女が怪訝な顔で出てきて言った。

「お竹でございますが……」

「そうか、あんたがお竹さんか。私は北町奉行所の坂本さまから、あんたの名を聞いてやってきたのだ。まあ、そこに座ってくれないか」

市兵衛は、お竹の手にも一朱を握らせた。

「これは！……」

お竹は目を白黒させたのち、

「ありがたく頂戴《ちょうだい》します」

押し頂いてから、急いで紙入れにしまい込んだ。そして、

「すると、八年前に首をくくったおれんさんの事だね、話というのは……」

「さすがやり手だね。そうです。私が聞きたいのは、おれんさんに金を無心していた男の事です。その男の名前は聞いているね」

市兵衛は、穏やかな顔で訊く。

「三枝って男でしょ。お役人にも話しましたし、老いぼれたご浪人にも話してやりましたよ」

お竹は苦笑する。なんで今頃、おれんの話を聞きたがるのかと怪訝な顔だ。

「そうか、役人にも、浪人にも話したのか」

「はい、話さないと何度もやって来てさ、あたしも変な目でみられているから、おしまいにしたいんですよ。身よりもないあたしにとっちゃあ、ここの稼ぎが

なくなったら、のたれ死にだからね」

「すまん。何度も訊かれてはうんざりだろうが、三枝が今どこに住んでいるのか知らないのだね」

市兵衛は、運ばれて来た酒を、お竹に注いでやった。

「こりゃあどうも」

お竹は嬉《うれ》しそうに、きゅうっと一気に飲み干すと、

「すみません、もう一杯」

にっと笑って催促し、ぐいぐいと三杯喉《のど》に流しこむと、ぱたっと盃を盆の上に置き、神妙な顔を作ったかと思うと、

「気の毒な話さね。おれんさんは駆け落ちして、この江戸にやって来たんだと言っていたんだ……」

ところが三枝という亭主が、仕官の口がある、金を作ればかなうかもしれない。そんな言葉を並べて、おれんをいろは茶屋に売ったのだと言う。

だが、三枝のやった事はそれだけではなかった。店にたびたびやって来て、おれんが客から貰っている祝儀《しゅうぎ》を無心したのである。

最後にやって来た時に、三枝はおれんに、旗本屋敷に入れそうだと言ったようだ。

ただ、おまえを身請けするには数年かかるなどとご託を並べて、暗に別れを告げて去って行ったのだ。

「おれんさんは声を上げて泣いていた。首をくったのはそれからしばらくしてからだったね」

「仕官したという旗本の名は聞いているかね」

市兵衛はお竹に盃をもう一度持たせると、酒を注ぎながら聞いた。

「いえ、それは……」

「聞いていないのか」

「はい、おれんさんも聞いていなかったと思いますよ。三枝の野郎は、追っかけてこられては困ると思っていたんじゃないですか」

市兵衛は苦虫を噛《か》みつぶしたような顔をした。調べもここまでかと憮然《ぶぜん》とした時、お竹はふっと言った。

「旦那《だんな》、住んでた長屋に行けば分かるかもしれないよ。おれんさんが三枝と住んでいた長屋さね」

「知ってるのか？」

「それはおれんさんから聞いていましたからね」

市兵衛はお竹の顔をきっと見た。

五

夜のしじまに、佐和の弾く琴の音が流れている。

少し華やかな曲である。佐和が創作した『さくら道』だ。

野を過ぎて川辺に続く春の宴
さくら咲く隅田川
はらはらはらと散りて落つ波の上
流れゆく花筏《はないかだ》

にこにこして耳を傾けているのは、佐七とおけいである。

二人は明日宿を発《た》つ。国に帰っていくのである。一弦琴とは思えぬ華やかさのある曲は、新婚の二人へのはなむけだ。

この時別の部屋では、孫十郎も布団の上に座って琴の音を聞いていた。

孫十郎の脳裏には、国元の寺の近くを流れる大川の土手に咲く、満開の桜が見えているのだ。

そしてその桜の木の下には、優美に広げた枝を見上げるおれんの姿がある。

遠い昔のその光景は、まだ妻にするしないの話を聞く前の話で、遠くからおれんの姿を眺めながら、まるで錦絵《にしきえ》を見ているようだと思ったものだ。

その女を妻にして、この手に抱けると喜んだのもつかの間、おれんは別の男に走って行ったのである。

——おれん……。

なぜに俺の気持ちに応《こた》えてくれなかったのだ。

孫十郎は懐《ふところ》から柘植のくしを出して強く握った。

佐和の演奏が終わった。

すると、佐七とおけいが、改まった顔で市兵衛と佐和に頭を下げた。

「お世話になりました。ここに泊まった十日間は、きっと一生忘れることはございません」

おけいが述べると、佐七も言った。

「失礼を承知でお伝えします。あっしたち二人は、まるで自分の家にいるような気持ちで過ごしやした。お二人が、おとっつぁんと、おっかさんの、いや、姉様かな……」

ちらっと佐和に笑みを送ってから、

「身内のように暖かい心をいただきました。お名残おしいですが明日はお別れでございます。ありがとうございました」

二人は並んでもう一度頭を下げると立ち上がった。

「忘れ物のないように荷造りするのですよ。明日はおにぎりも作っておきますから、必ずお持ちください」

佐和もまるで母親か姉になったように気を配る。

「それでは……」

二人は部屋に引き上げようとしたが、

「やっぱりお話しいたします」

神妙な顔つきで座り直した。

「このことは、なんだか告げ口をするようで、お伝えしようかどうしようかと迷ったんですが、やはり孫十郎さんが心配ですからお伝えします」

「なんだね、何かあったのか」

市兵衛の顔が一瞬険しくなった。

それもそのはず、市兵衛は今日、いろは茶屋でお竹から、おれんたち夫婦が住んでいた長屋を教えてもらったのだ。二人は浅草寺門前の東仲町の長屋に住んでいた。

傘張り長屋と呼ばれている長屋で、長屋のほとんどの住人が、浅草寺境内や門前で店を出す傘屋の内職を請け負っていた。長屋の路地には、張り終えた傘が人が通れないほど干してあった。

三枝啓介とおれんの二人が暮らしていたのは、長屋の中程の家だった。

長屋の女房の話によれば、三枝は次第に心が荒れていったが、おれんの働きで暮らしはなりたっていたようだ。

ところがそのおれんを岡場所に売ったことで、三枝は長屋の連中とも溝が出来たらしい。やがて神代《かみよ》半左衛門《はんざえもん》という番町にお屋敷を持つ旗本の家来になったとかで、長屋を出て行ったというのであった。

その話を孫十郎が知っているか否《いな》かは分からなかったが、明日は神代の旗本屋敷に出向いて、三枝のことを確かめてみようと思っていたところである。

「実は今朝、あっしは孫十郎さんから飛脚の店はどこにあるのかと尋ねられました。それで両国の橋の袂《たもと》まで行けば、近頃出来た御府内専門の飛脚屋があると教えてあげたんですが、油紙に包んでいる書状がちらっと見えたんです。なんとその表書きには『果たし状』という字が」

「まことか……」

市兵衛は驚いた。

「あなた、まさかおれんさんの敵討ち？」

佐和も仰天している。

「落ち着きなさい」

市兵衛は押し殺した声で佐和を制した。そして佐七には、よく分かった、案ずることはないと告げ、部屋に引き上げさせたのである。

「果たし状だなんて……しかもあの体で、何を考えているのかしら」

佐和は独りごちた。

その時だった。表の戸を叩《たた》く音がした。

市兵衛は店の方に出て土間に降り、大戸に近づき、

「誰だね」

外の者に尋ねる。

「欽次郎です」

坂本数馬が使っている岡っ引きの声だった。

急いで戸を開けてやると、欽次郎はするりと入って来て、

「うちの旦那の伝言です。孫十郎と三枝の果たし合いが、近々行われるようだと」

「何……」

「うちの旦那は今日、旗本の神代家に参りやした。三枝という男が今もいるの

かどうか尋ねるつもりでした」

「居たんだな、私も明日屋敷を訪ねるつもりだったのだが」

「へい、居《お》りました。なんと用人となっていたんです」

「おれんを踏み台にして、今や用人とはな」

「まったくです。うちの旦那が三枝を呼び出して話を聞き始めたその時でした。飛脚が手紙を持ってきたんです。受取人名は三枝でした。三枝はあっしたちの目の前で包みを開いた。そしたら『果たし状』とあって、三枝は驚いて差出人を見、こう呟いたんです。中根孫十郎と……」

　市兵衛は、静かに頷いた。まさかとは思ったが、予想できないことでもなかったからだ。

「流石《さすが》の三枝も動揺して、話はそこまで、あっしと旦那は早々に引き上げて参りやした。うちの旦那は、明日か明後日《あさって》かはわからないが、近いうちに斬り合いがあるに違いない。このこと、市兵衛の親父《おやじ》さんに知らせるようにと……」

　欽次郎は一気にしゃべった。

「分かった。こちらは孫十郎から目を離すことはない。数馬殿には神代家にいる三枝から目を離さぬよう伝えてくれ……」

市兵衛は、険しい顔で欽次郎に言う。

「承知しやした」

欽次郎は、すぐに踵《きびす》を返して帰って行った。


翌朝、佐七とおけいは、見送りに出た佐和とおとらに、何度も振り返って手を振りながら帰って行った。

若い夫婦が宿を払うと、なんだか火の消えたような寂しさが漂っていた。

中根孫十郎が部屋から出てきたのは、昼の七つ過ぎだった。

「出かけてくる。遅くなるかもしれない」

孫十郎は、おとらにはそう告げて宿を出た。

おとらはすぐに孫十郎の部屋を覗《のぞ》き、部屋の中に書き残して行った書状一通を手に台所に走り、

「おかみさん！」

食器を片づけていた佐和に手渡した。

同時に、かねてより身支度していた市兵衛が顔を覗かせて、

「行ってくる」

佐和に告げて宿を出た。

市兵衛は小袖に裁着袴《たっつけばかま》姿である。腰には小刀も帯びていて、顔は菅笠《すげがさ》を深くかぶって、ちょっと見たぐらいでは、へんろ宿の親父とは見当もつかない形だ。

その市兵衛の目は、十間ほど先を黙然として歩いて行く孫十郎の姿をとらえている。

孫十郎は宿を出ると、両国橋を渡り、更に西に向かい神田川の土手に出た。

浅草御門から西は柳の木が並木となって続き、土手から水際まで丈の高い青草が繁《しげ》りに繁っている。

孫十郎は、更に土手を西に歩いて、草を刈り、少し開けた土手の下に降りていった。

渡る風の音を聞くようにしばしたたずんで辺りを見渡したのち、懐から襷《たすき》を出して掛け、股《また》を開いて両腕を垂らして一方を見る。

孫十郎の視線の中に、三枝啓介の姿が現れた。

三枝も白い襷を掛け、袴の股立《ももだ》ちをとって、ゆっくりと歩いてくる。この三枝も孫十郎と同じ年頃と見える。

二人の間を、白い風が吹き抜けていく。

まもなく二人は、開けた土手で対峙《たいじ》した。

市兵衛は、少し離れた草むらからじっと見守っている。その左手は腰の鞘をしっかり摑《つか》んでいて、いつでも飛び出せる体勢にある。

「中根孫十郎だったな。おれんから話は聞いていた。馬鹿な奴《やつ》め、めめしいぞ。老いぼれになるまでおれんに恋々として、今また俺に果たし状をよこすとはな」

「黙れ！……言っておくが、わしは、おれんが幸せだったら、それで良いと思っていたのだ。ところがどうだ、貴様はおれんを岡場所に売った。己が仕官のためだ。自分を信じて駆け落ちしてきた女を踏み台にして、恥ずかしいとは思わぬのか」

「うるさい、おまえごときに何が分かる。ごたくは聞きたくない」

刀を先に抜いたのは三枝だった。孫十郎も大刀を抜き放つ。

そして二人は、履いてきた草履を脱いで背後に蹴《け》りやった。

孫十郎は正眼に構えて立った。三枝は正眼から静かに切っ先を下に下ろし、足下を確かめながら、すり足で孫十郎の左手を狙《ねら》って回っていく。

草むらの中に居る市兵衛の目が光る。

――いかんな。孫十郎の体は硬くて動かぬ。

そう市兵衛が案じた瞬間、風を切って孫十郎が飛びかかった。

刹那《せつな》、三枝はこれを躱《かわ》し際、下段から孫十郎の体を斬りあげた。

孫十郎は、かろうじて後ろに飛んだ。だが、足を取られて尻餅《しりもち》をついた。

「いかん」

市兵衛は飛び出していた。その視線の先で、上段に構えた三枝が、孫十郎に向かって剣を振り下ろすのが見えた。

「ぐうっ」

うめきが聞こえた。はっとなったが、草むらに落ちたのは三枝だった。腰を落としたまま突き出した孫十郎の剣が、三枝の腹を突き刺したのだ。

同時に孫十郎の額が切れて血が噴き出していた。

「孫十郎殿……」

市兵衛が抱き上げた時、数馬と欽次郎が走って来た。そしてすぐに数馬が、

「戸板だ」

欽次郎に命ずるが、

「いいのだ、死なせてくれ……三枝を斬ったら、自裁するつもりだったのだ」

孫十郎は、手を伸ばして制した。

「しかし、手当をすれば助かる」

市兵衛が声を掛けるが、孫十郎はかすかに笑みを浮かべて言った。

「漁《いさ》り火が……おれんが……」

「漁り火？」

数馬が怪訝な顔で聞き直した。

まもなく、孫十郎は笑みを残して死んでいった。

「すみません、上役に声を掛けられて足止めをくらって遅くなったのです」

数馬が言った。

「いや、私も時を誤ったが、しかし孫十郎殿を救ったとしても、きっと自裁し

ていたに違いない。覚悟の決闘だったのだ」

市兵衛は言った。

やがて二つの遺体が戸板にそれぞれ乗せられて、数馬と欽次郎が付き添って番屋に運ばれて行った。これから検視が行われるのだ。

「……」

市兵衛は、孫十郎の倒れていた場所に、柘植《つげ》のくしが落ちているのに気がついた。

拾い上げて見た。柘植の木肌に秋草が流れるように描かれている。上品な絵柄の柘植のくしだった。

——孫十郎に持たせてやらなければ……。

柘植のくしを片手に、市兵衛は神田川の流れに目を遣《や》った。

孫十郎の脳裏には、あの時、二人で眺めた漁り火が見えていたのだと思った。

——佐和の琴の音が、二人を導いていたに違いない。

市兵衛は風に吹かれながら、ゆっくりと土手を上った。

名残の雪

一

「ごめんくださいませ。こちらはへんろ宿でございますね」

両国橋近くの回《え》向院《こういん》前に小さな看板を掲げた宿に、若い女が訪れたのは、節分も間近の頃だった。

若い女は手甲脚絆《てっこうきゃはん》を着けて柿渋《かきしぶ》を施した紙衣《かみこ》を羽織っている。頭には菅笠《すげがさ》を被《かぶ》っているが、それがしっとりと濡《ぬ》れているのが分かる。

「いらっしゃいませ、まあまあ、大変でございましたね」

女将《おかみ》の佐和《さわ》は、愛想の良い顔で迎えた。

若い女の背後には、辺りを白く染めた雪景色が広がっている。

雪が降ったのは昼の八つ頃から一刻《いっとき》あまり、積もったのは一寸ほどと思われるが、それでも一帯の景色は一変していた。

若い女は雪の道を踏み、この宿の玄関までたどり着いたようだった。心細げな足跡が雪の中に点々と見えた。

「どちらからいらしたのでしょうか」

佐和は若い女を玄関に入れると訊《き》いた。

「三河です。名は弥生《やよい》と申します。しばらくの逗留《とうりゅう》をお願いしたいのですが……」

弥生と名乗った娘は、菅笠を取って言った。髷《まげ》は町人の娘風に結ってはいるが、その佇《たたず》まいや言葉遣いは武家の娘だ。

「二階のお部屋でよろしいでしょうか。ただし隣の部屋は賑《にぎ》やかな方たちがお泊まりですが」

佐和は尋ねた。

この数日前から大坂の女房たち三人が、わざわざ江戸歌舞伎《かぶき》を見にやって来ていたのだ。

上方の歌舞伎と比べてどうだとかこうだとか、毎日かしましいが、いずれも子育てを終えて自由の身、しかもそこそこの商家の内儀らしく夕食は外で済ませてくる。

佐和は弥生を、その三人の隣の部屋に案内したのだった。

「お風呂《ふろ》は昼の八つ半ごろから暮れ六つ半までの間に入っていただきます。風呂焚《た》きのお爺《じい》さんが通いですから、六つ半を過ぎると帰ってしまいますので。それから夕食は暮れ六つまでに食べていただきます。朝食は明け六つ半から一刻ほどの間にお願いいたします」

佐和の説明に弥生はひとつひとつ頷《うなず》いたのち、

「女将さん、御府内には切り絵図という刷り物があると聞いておりますが、こちらにはございますか。もしございましたら見せていただきたいのです」

弥生の顔は真剣だった。

「ございますよ、ちょっとお待ち下さい」

佐和は階下に下りて、居間の紙箱の中から色刷りの江戸切り絵図を取り出した。

「佐和、どうかしたのか？」

部屋に入って来たのは、この宿の主《あるじ》市兵衛《いちべえ》だった。

「あら、おかえりなさいませ。お客様が地図をご覧になりたいらしくって……」

「ほう、切り絵図をな」

「で、お魚は釣れましたか？」

佐和は笑みを浮かべて訊いた。

市兵衛は朝から北町の同心で定町廻りの坂本数馬《さかもとかずま》と岡っ引きの欽次郎《きんじろう》を連れ、綾瀬《あやせ》辺りまで釣りに出かけていたのだ。

「いや、魚もまだ寒いらしくて川底にへばりついて動かないんだ」

「分かりました。一匹も釣れなかった、そういう事ですね」

佐和は笑って、新しい客の様子を市兵衛に伝え、弥生が待つ部屋に向かった。

近年出板された切り絵図は、江戸に物見遊山《ものみゆさん》にやって来た旅人ばかりでなく、江戸に暮らす者たちにも大人気となっている。

これまでは武家地のどの屋敷が何様の住まいなのか分からずに、皆人づてに訊いて訪ねるしかなかったのだ。

当然そういうことなら間違いも起こる。

さる藩邸の使いの者が、ある旗本屋敷に贈答品を届けに行ったのだが、何の関係も無い別の旗本屋敷に届けてしまったらしく、届けられた旗本屋敷から連絡が来た。

驚いた藩邸は、すぐに間違って届けた旗本屋敷にひき取りに行くのだが、迷惑を掛けたことへの礼物を届け、本来届けるつもりだった屋敷にも申し開きをする使者を送るなど、てんやわんやの騒動だったという話を聞いている。

切り絵図が出来た事で、誰の屋敷がどこにあり、川も橋も坂も道もどう走っていて、どこに何という町があり、寺も神社も稲荷《いなり》も書き込んでくれているから一目瞭然《りょうぜん》、誰にでも御府内の有様が分かるようになった。

だから商家や旅籠《はたご》の多くは、この切り絵図を買って重宝していた。

「弥生さん、これが切り絵図ですよ」

佐和が弥生の部屋に戻り、切り絵図を手渡すと、

「ありがとうございます。しばらくお借りしてよろしいでしょうか」

弥生は言った。

するとそこに市兵衛が入って来て、

「主の市兵衛です。切り絵図でどこを探しているのですかな。女の一人旅では心細いでしょう。危険もある。行き先が決まっているのなら案内いたします

よ」

そう言ったが、

「いえ、それは……大丈夫です、一人で参ります」

弥生は恐縮がって断った。

何か子細があるに違いない、市兵衛も佐和もそう思った。

「そうですか、分からないことがあれば何でもこちらの女将に言いつけて下さい」

市兵衛は、それ以上深く事情を訊くことは止《や》めた。

なにしろこの宿は、金儲《もう》けのためにやっている宿ではなく、お客が心置きなく過ごせることを一番の大事としている。

市兵衛が昔四国の寺を巡礼した時に、所々でへんろ宿に世話になった。その時に、

――江戸でもこういう宿があれば……。

そう考えて始めた宿だ。

四国遍路で市兵衛が泊まったへんろ宿は、主たちもきさくで、まるで自分の

うちに帰ったような気分に浸れた。

相宿になった客とも一期《いちご》一会《いちえ》とはいえ、なぜか自然と心にある物を吐露できる、そんな雰囲気があったのだ。

加えて安価で、客を選ばない。宿探しで困っている人を受け入れてやるのはむろんのこと、主と客の間の垣根が感じられないことに感心したのだった。

それに比べてこの江戸の旅籠事情はどうだろうか。

物見遊山の人間は全国から大勢押し寄せて来るようになった。だが宿は全く足りていないのだ。

たとえば商いで来る者は、たいがい取引先の店で泊めてもらったりするから問題ないが、物見遊山などでやって来た人たちは宿に困る事が多い。

するとそんな人たちを目当てに、自分の長屋に宿泊させて銭を稼ぐ者が出て来ているのだ。

それが双方とも満足するものなら良いのだが、近頃はなにかと問題を起こすことが多い。

宿代を踏み倒されたり、喧嘩《けんか》して怪我《けが》をしたり、中には長逗留を許している間に女房を寝取られて刃傷沙汰《にんじょうざた》になったなどという噂《うわさ》まである。

お上は勝手に見知らぬ旅人など宿泊させてはならぬとお触れを出しているのだが、泊める方は、親戚《しんせき》の者だとかなんとか嘘《うそ》をついて宿泊代を稼ごうとしているのだ。

そういうご時世だからこそ、今はへんろ宿のような旅籠が必要なのだと市兵衛は思っている。

だからお客の詮索《せんさく》はけっしてしない。頼まれれば手を貸してやるが、遠くから見守ってやるのが信条だ。

「いろいろとお手数をおかけしますが、よろしくお願いいたします」

弥生は二人に頭を下げた。

市兵衛佐和夫婦に安心感を覚えてくれたようだった。

「ああ、ちょ、ちょっと待っておとらはん、これね、かまぼこ買《こ》うてきてますねんよ。これ切って食べまひょ。だんはんにも、ごりょうはんにも食べてもろてね、もちろんおとらはんも食べてちょうだいね。ほんまにおいしいから……

皆でかまぼこやさんで味見してきたんやから」

おたきという女が早口でそう言うと、連れのおなつとおきみも、うんうんと頷いて、にこっと笑う。

三人はそろいもそろって、着物の模様に沈金を施したように豪華な柄の衣装である。

お上は常に町人の奢侈《しゃし》には厳しい目を向けているが、三人はそんなことなど何処《どこ》吹く風。へんろ宿にやって来た翌日には、着物を入れた行李《こうり》が三つ、どさっと運ばれて来た。

翌日から三人は、自慢の着物を着て歌舞伎を鑑賞し、町を歩いて物色している。宿泊はへんろ宿だが、贅沢三昧《ぜいたくざんまい》の江戸遊山なのだ。

又その行動たるや、若い娘の集団も顔負けだ。へんろ宿の朝食時も賑やかというか、やかましいというか。

今朝も三人は、二階からどたどたと階下に下りてくると、並べてある膳《ぜん》をじっと見た。

どう眺めても、大根の漬け物とめざしが二匹載っている。昨日と変わりがない膳の上を確かめると、外で買って来たかまぼこを切ってくれと言い出したのだ。

「よろしいんですか」

おとらは言う。

なにしろへんろ宿の朝食は、年中、漬け物とめざし、豆腐とネギの味噌《みそ》汁《しる》と決まっているのだ。文句を言われても仕方がないが、

「ええんですよ、みんなで食べまひょ」

おなつも勧める。

「すみません、お気を使わせてしまいまして」

おとらは、すぐにかまぼこを切り、小皿に小分けして置いた。

「おとらはん、そちらのお膳にもあげてね」

今度はおきみが言った。その膳とは、弥生の膳だ。

「はい、そうさせていただきます」

と言っているところに、弥生が居間に入って来た。

「おはようございます」

弥生が律儀《りちぎ》に挨拶《あいさつ》すると、

「昨夜《ゆうべ》やかましかったでしょ、すんまへんなあ、でも丁度良かった。私たちのことお知らせしておきますね。みんな大坂から来た者です。私はおたき、それでこっちの色の白い人がおなつ、目のぱっちりしているのがおきみ」

おたきが紹介すると、弥生も自分の名を告げて膳の前に座った。

するとすぐさま、おなつが、まじまじと弥生を見て、

「ええなあ、若いって、きれいやわ、皺《しわ》一つあらへん。わたしらもこんな時があったんやね」

などと感心してにこりと笑う。すると今度は、おきみが言う。

「弥生さまはお侍さまのいとはんでしょ、何か困ったことがあったら、なんでも言うて……遠慮せんかてええよ」

女たち三人は顔を見合わせて頷き合った。

弥生は困ったような顔で食事を終わらせると、

「お先に失礼します」

小さな声で言い、二階に上がって行った。

「ちょっと、あんたが余計なこと言ったんやないの」

三人は目を合わせて、決まり悪そうに箸《はし》を置いた。

そんな様子を、市兵衛も佐和も隣室から見守っていたが、一度二階に上がった弥生が、出かける用意をして二人の前にやって来た。

「お願いしたいことがございます。私は三河の松島藩の者でございまして、これから深川の中屋敷に参りたいと思っているのですが、この文を、町飛脚に頼んでいただけないでしょうか」

一通の文を二人の前に置いた。

宛名《あてな》は、松島藩上屋敷、藤堂達之《とうどうたつの》進《しん》様とある。

「承知しました」

市兵衛が引き取ると、

「それともうひとつ、実は私、供の者とこの宿でお世話になるつもりで国を出発したのですが、途中で山賊に襲われまして供の者を見失なってしまいました」

「山賊に……よく怪我もなく」

佐和は驚いて、改めて弥生の体を眺める。

弥生が昨日ここにやって来た時には、何か事情があるようには思えたが、まさか山賊に襲われたようには見えなかった。弥生はとても落ち着いた態度だったのだ。

「供の者が、私を人ひとりが隠れるほどの木の根っこの穴に押し込んでくれまして、それで助かりました。供の者は崖《がけ》の方に走って山賊をひきつけてくれたのです。ですがすぐに大きな叫び声が聞こえましたので、おそらく、崖から落ちたのではないかと……」

「いったいどこで山賊に遭ったのだ？」

市兵衛が訊く。

「箱根の山奥です」

「箱根……関所の役人も気づかなかったのか」

「実は私たち、事情があって手形を持たずに国を出て来たものですから……」

「何……」

市兵衛は思わず、佐和と顔を見合わせた。

「こんなことを申し上げるつもりはなかったのですが、もし供の者が生きているのなら、きっとこの宿を訪ねてくる筈《はず》です、それで」

「ほう、すると、国にいる時から、この宿のことを知っていたのですか」

市兵衛が驚いた。

「実はその手紙の宛名の人が文にて教えてくれたのです。江戸に出て来た時には、こちらの宿を定宿にするといいと……」

「分かりました。弥生さんがお出かけになっている時にお供の方がここに見えたら、お泊まりになっている事をお伝えしますね」

佐和が言った。

「お手数をおかけします。供の者は源七《げんしち》という者です」

中間《ちゅうげん》で三十半ばの男だと弥生は言った。

二

へんろ宿に一弦琴の音色が響いている。

祇園精舎《ぎおんしょうじゃ》の鐘の声
諸行無常のひびきあり
沙羅《さら》双樹《そうじゅ》の花の色
盛者必衰《じょうしゃひっすい》の理《ことわり》をあらわす

一弦の音色と佐和が歌う声が、行灯《あんどん》の薄明かりの中で、もの悲しく切ない景色を一歩ずつ歩いて確かめるように広がっていく。

一弦琴というのは長さが三尺六寸あまり、一本の絹の糸を張った簡素な琴だが、もののあわれを表現するには、ひょっとして琵琶《びわ》の音よりも効果が大きいかもしれない。

佐和はこの宿の女将におさまる前は、京の料亭で一弦琴を弾いていた。糊口《ここう》をしのぐために弾いていたのだが、市兵衛に見初《みそ》められてこの江戸にやって来てからは、宿に泊まったお客が望めば琴を弾く。

今夜は大坂からやってきている三人の女たちに所望されたのだ。

「申し訳ないけど、今晩も聴かしてほしいんどす」

おたきがそう言えば、

「昔一度、祇園精舎の鐘の声っていう平家物語のあれを聴いたことがあるんです。その時は琵琶でした。ものがなしゅうて切のうて、でもあの胸がしめつけられるようになる気持ち、忘れられへんのどす。あれを是非、佐和さんの一弦琴で聴いてみたい。やっていただきたいです」

おきみが佐和に手を合わす。

「そうや、一弦琴にぴったりや思うわ、うちも聴きたいです、お願いいたします」

おなつも言う。

それで始まった即興の祇園精舎だが、弾くうちに、歌ううちに、佐和もだんだんと、その情景の中に入って行く。

三人はうっとりとして、薄明かりの中で耳を傾けているのだった。

おごれる者もひさしからず
唯《ただ》春の夜の夢のごとし

たけき者もついにはほろびぬ
ひとえに風の前の塵《ちり》に同じ

弾き終わると、三人は口々に佐和を褒め、

「ここに滞在している間に、一弦琴を弾けるようになったらどんなに楽しいやろ」

うっとりとした顔で言う。三人は、すっかり魅せられたようだった。

市兵衛が行灯の火を大きくすると、それを見計らったように、おとらが熱いお茶を運んで来る。

いつもは賑やかな三人が、今夜は妙にしんみりとしてお茶を飲み干すと、

「ほんとに、この宿には思いつきで泊まることにしたんやけど、良かったわ。ごりょうはんが京で暮らしていたことも、なんやうちらにしてみたら親しみあるし」

三人は佐和に礼を言って二階に上がって行った。

市兵衛と佐和がほっとして微笑《ほほえ》み合った。その時表の戸を叩《たた》く音が聞こえた。

「弥生さん……」

佐和は玄関に飛んでいく。帰って来るのが遅くて案じていたのだった。

「申し訳ありません。遅くなりました」

弥生は疲れた顔をして玄関に入って来た。

「いったい、どうしたというんですか。心配していたんですよ」

佐和は案じ顔で言った。

玄関に出て来た市兵衛も、

「弥生さん、私どもは詮索はいっさいしません。ですが若い娘がこのような時間まで帰ってこないとなると、こちらにも宿としての責任があります。どのような事情を抱えているのか存ぜぬが、宿には暮れ六つまでには戻ってほしい。そういう約束が守れないようなら、他に宿を探してもらいます」

強い口調で言った。

弥生は頭を下げた。

「おっしゃる通りでございます。明日からは日の明るいうちに戻ります」

顔を上げた弥生の双眸《そうぼう》は、涙で濡れたあとがある。

――弥生さんは泣きながら帰ってきたのか……。

佐和はおろおろして、

「何もあなたを咎《とが》めようと思っているのではありません。私たち夫婦にも娘がいれば、きっとあなたぐらいに違いありません。そう思うと、そのか細い肩に、どんなに重い荷を背負っているのだろうかと胸を痛めているのです」

弥生の手を取る。

「私たちの気持ちを分かってくれたらそれでいい。さあ、上がって夕食をお食べなさい。おとらが用意してくれている」

市兵衛も優しい顔で言った。

弥生は、おとらに足をゆすいでもらうと、膳の置いてある居間に入り、箸を取った。

「さあ、たんと食べて下さい。今夜は卵を焼いてあります。滋養をつけて下さいまし」

おとらが茶碗《ちゃわん》にご飯をよそって弥生に渡すと、弥生はその茶碗をじっと見詰めていたが、ほろりと涙を落とした。

「弥生さん……」

佐和が入って来て側《そば》に座った。

「女将さん、実は私、父が藩邸の牢《ろう》に入れられたと知らせを受けて、半信半疑で、いったい何があったのかと、それを確かめたくて江戸に参ったのです」

弥生は茶碗を膳に置いて言った。

「そうだったんですか、お気の毒に……」

佐和は痛々しい目で弥生を見詰める。弥生は気持ちを整えると、

「でも、どこの牢につながれているのか、今日の調べでは皆目分かりませんでした」

「今日は中屋敷に行くと言っていたが、そこにはいなかったということか」

市兵衛が入って来て訊いた。

「はい、出て来た方に父の名を告げただけで追い返されました。それでもなお重ねて尋ねてみましたが、知らぬ存ぜぬというばかりで……名を名乗ったのがいけなかったのかもしれません」

「ふむ……」

市兵衛は少し考えてから再び弥生に訊く。

「つかぬことをお聞きするが、町飛脚に頼んだあの文の宛名の御仁が、弥生さんの父上のことを知らせて来てくれた人なのかな」

「はい」

弥生は頷いた。そして少し間を置いてから、

「あの方は、私の許嫁《いいなずけ》です」

小さな声で言った。

「市兵衛の旦那《だんな》はいらっしゃいますか」

岡っ引きの欽次郎が、へんろ宿に駆け込んで来たのは、翌日の昼のことだった。

「どうしたのだ、血相を変えて」

玄関に出た市兵衛が迎えると、

「旦那、こちらに弥生さんて方が泊まっておりやすか」

欽次郎は訊く。

市兵衛は頷き、出かけていると告げると、

「米沢町の番屋に担《かつ》ぎ込まれた男がいやしてね、行き倒れです。そしたらそいつが言うのには、回向院前のへんろ宿に行くつもりだったと」

「何、その男の名は、もしかして源七か？」

市兵衛は声を上げた。

「へい、さようで」

「分かった、私が出向こう」

市兵衛は佐和を呼んで事情を告げ、欽次郎と一緒に米沢町の番屋に出向いた。

「親父《おやじ》さん……」

番屋では坂本数馬が待っていて、座敷で寝かされている男を目で指した。

市兵衛は座敷に上がって男の顔を覗《のぞ》いた。顔には縦横に引っ掻《か》いたような傷跡が皮膚を引きつらせて走っていた。どす黒く変色した打ち身のあとも顔だけでなく、はだけた着物からのぞく首や胸にも見える。

「そなたが源七と申す者か……」

市兵衛の問いかけに、男は目を開けた。

「私はへんろ宿の主だ」

男がはっとした顔をした。そして次の瞬間、ほっとした表情をみせた。

四角い顔の、眉《まゆ》の濃い、筋肉質の男だ。

源七は欽次郎の手を借りて起き上がると、

「弥生さまはご無事でしょうか？」

まずは弥生の安否を尋ね、市兵衛が頷くと、

「ほっといたしました。お嬢様にもしやのことがあれば、腹を切ってお詫《わ》びするつもりでした」

などと言う。

「お父上が藩邸の牢に入れられたとかで、今弥生さんはいろいろと調べているようだが……」

市兵衛がやんわりと質《ただ》すと、源七は頷いて市兵衛に礼を述べたのち、

「弥生様は松島藩の勘定方名村作左衛門《なむらさくざえもん》様のご息女でございます。私は名村家の中間で源七、国元には弥生様の弟で嫡男《ちゃくなん》の恵之介《けいのすけ》様がいらっしゃるのですが、旦那様が用人を斬《き》って捕らえられたと一報が入った時から、恵之介様も他行禁

止となっておりまして」

「待て」

市兵衛は源七の言葉を中断させた。元は旗本三百五十石、笹岡《ささおか》家の嫡男だった男である。家が断絶していなければ跡目を継いで殿様と呼ばれていた人物だ。

商人の言葉遣いをと常々注意をしていても、いざという時には武家の物言いが蘇《よみがえ》る。

源七も突然険しく声を掛けられて驚いた様子だったが、数馬が掻い摘まんで市兵衛の素性を話すと、源七の顔色は一変した。

市兵衛がただの宿の主というだけではなく、相談し、頼るにはこの上ない人物と踏んだようだ。

「名村作左衛門殿は、なぜ用人を斬ったのか、事情がある筈だが……」

市兵衛が問うと、

「事情は知らされてはおりません。それで、この江戸の藩邸でいったい何が起こったのか、真実を知りたいと弥生様は申されまして、手形も持たず国を出て来たのでございます。手形を藩庁に所望すれば江戸行きは止められる。手形を携帯しなかったのは苦渋の選択でございましたが仕方のないことでした。そのような人間が安心して泊まれるのは、へんろ宿しかないと藤堂達之進さまが文にて知らせて下さいまして、宿にはご迷惑をおかけしています」

源七は言った。

市兵衛は、源七の誠実で実直な人柄に好感を持った。中間とはいえ、なかなかの人物だと思った。

「宿の迷惑など考えずともよいのだ。それよりも、よく助かったものだ。弥生さんの話では、崖から落ちたのではないかということだったが」

「はい、崖から落ちました。気を失っているところをマタギに助けられました。熊《くま》撃ちの名人です。どうやら気を失っている私は熊に食われる寸前だったようです。九死に一生を得たとはこのことです」

顔の傷も、どうやら熊に引っかかれた傷のようだと、源七は傷跡を引きつらせて笑みを見せた。

側で見守っていた数馬が、市兵衛に耳打ちする。

「医者に診せましたら、顔の傷は手当てすれば良いとのことでしたが、内臓がどれほど傷《いた》んでいるかは不明で案じられる。とりあえず滋養のある物を摂《と》って力を付けさせることが大事、ただ数日は安静にして様子をみるようにと言っておりました」

「わかった、とにかく宿に引き取ろう」

市兵衛は言った。

三

その夕、外から帰って来た弥生は、佐和から源七のことを聞くとすぐ、源七が臥《ふ》せっている部屋に走った。

その部屋は台所の隣の物置になっている部屋で、おとらの隣室だ。泊まり客が二階だけでは間に合わない時に使用する部屋でもある。

数馬の差配で、番屋の小者たちによって源七は宿に運ばれて来、この部屋に寝かされたのだった。

「源七、よく無事でいてくれました」

弥生は源七の枕元《まくらもと》に走り寄った。

「お嬢様……」

源七は跳ね起きた。だが、うっと顔を顰《しか》める。

「無理をしないで。お前のことが本当に心配でした。お前のお陰で私は助かりましたが、もしやと不安で、お前には申し訳なくて……」

弥生の目には涙が膨れあがっている。

「勿体《もったい》ないお言葉です。私はお嬢様のためなら、この命惜しくございません。何、こんな傷ぐらいなんということもございません。明日はお供をいたします」

源七も力を振り絞って伝える。すると入って来た市兵衛が、

「いや、数日は安静にするようにと、医者に言われているのを忘れたのか」

厳しく諫《いさ》めた。だが源七は、

「いえ、大事ございません」

いきなり立ち上がったが、

「うっ」

腹を抱えてうずくまった。

「源七、源七！」

弥生は血の気を失った。

「おとらさん、純庵先生を呼んできてくれ！」

市兵衛が叫ぶ。

純庵はすぐに駆けつけてくれたのだが、源七の体は崖から落ちた時の衝撃を受け、内臓が傷んでいるようだ、触診して腫《は》れを感ずる、しばらく安静にしなければ命に関わると、厳しく注意して帰って行った。

弥生は自室に戻ると手を合わせて祈り続ける。

父の身を案じ、弟の行く先を案じ、源七の体を案じながら、なぜこんなに不幸せなことばかりが続くのかとやるせない。

「弥生さん、弥生さん……」

部屋の外から声がかかった。大坂のあのお内儀たちの声だった。

弥生は立ち上がると、部屋の入り口に座り、戸を開けた。すると、三人が首を揃《そろ》えて心配そうな顔で座っていた。

「えらいことやなあ、佐和さんからお連れさんが大変やて聞きましたえ」

大坂のお内儀たちは、どんな場面にでも臆《おく》せず顔を出してくる。

「ええ、お騒がせしてすみません」

弥生は謝った。

「そんなことちっとも。みんな心配してますねん。それでね」

おたきは、袱紗《ふくさ》に包んだ物を、弥生の掌《てのひら》に置いた。

「これね、高麗人参《こうらいにんじん》ですねん」

「えっ、高麗人参！」

驚く弥生に、

「あの源七さんに飲ませてあげて」

おたきは言う。

「でも、私、お支払いする金子《きんす》もございませんし」

「何言うてますの、お金なんていりまへん。差し上げます」

「でも」

押し返すと、

「ええんですよ」

おたきも押し返して、

「これね、私が大坂の船場で買うて持ってきたんです。江戸に出てくるついでに、ある人のお見舞いに持っていこう思て……そしたらその人、もう亡《な》くならはったっていわれて……」

「まあ……」

「その人な、この人が初めて好いた人やったんです」

脇《わき》からおなつが説明する。

「大坂の人やったけど、お店の都合で江戸に出て来て、それで別れ別れになってたんです。せめて最後に会いたいいうて出て来たんやけど、間にあわへんかったんです。そやから遠慮することはないのんよ」

続けておきみも言う。

「人参飲んだら、ほんま、ものすごく元気になるんやから、源七さんも早う治りますよって」

「すみません……」

弥生は、手にある袱紗を握りしめた。

「ほんまにみんないろいろあるなあって言ってたんですよ。弥生さん、わたしら三人、あほなこと言うて、馬鹿《ばか》騒ぎしてますけど、本当はみんないろいろありますねん。おたきはんはそういう事情ですし、あたしは亭主に女が出来て、もうお払い箱寸前、名前だけの女房なんです。そしてこちらのおきみはんは、息子夫婦とうまくいかずに、この旅が終わったら、どこかに家探して一人暮らしせなあきませんねん。でもね、悲しんでばっかりいたら、不幸はなんぼでも押し寄せて来る。そやから楽しい過ごして、厄払いしてますねん」

　おなつは言った。普段の三人からは考えられない言葉だった。

「ありがとうございます。では遠慮無くいただきます」

　弥生は頭を下げた。するとおたきが、

「ちょっと待って、弥生さん、おてて出して」

　弥生に手を差し出せと言う。

「あたしがね、おまじないしてあげる、不幸を幸せに変えるおまじないや、さあ」

　弥生は誘われるまま右手を出した。

するとおたきが、弥生の手を広げて、その掌に円を描きながら、ぶつぶつ、ぶつぶつ言っていたが、最後にぽんと叩いて、

「大丈夫、神さんがこれで守ってくれはります」

にこっとおたきは笑った。

「おたきさん……」

弥生の張り詰めていた心は一気にほぐれて、代わりにあたたかいものが胸に広がっていく。

「じゃあね」

大坂の三人が部屋に戻ると、弥生はおたきがまじないをしてくれた掌を開いてじっと見詰めた。

――おたきさんの言葉を信じたい……。

そう思った時、おとらがやって来て告げた。

「弥生さん、藤堂達之進様とおっしゃる方がいらっしゃいましたよ」

「達之進様が……」

弥生は立ち上がった。

藤堂達之進は源七を見舞ったのち、市兵衛に案内されて客間に座って弥生を待っていた。

まもなく女の足音がして、

「達之進さま」

弥生が現れた。

「源七の顔を今見てきたところだ。市兵衛殿には随分と世話になっているらしいな」

達之進は言った。

「はい、何から何までお心を砕いていただいております」

「そうか、こちらに伺うのが遅くなってすまぬ。昨日文は届いたのだが、こちらに弥生殿が参っていることを悟られてはと用心して今日になった」

「いいえ、危険をおかしてお訪ね下さいましてありがとうございます。私たちも弟も国元では徒目《かちめ》付《つけ》の方たちに監視されているようでしたので、手形の申請をせずに関所の裏道を抜けて参りました」

　弥生は達之進に、箱根の裏山で山賊に襲われたことや、この宿に到着ののち、藩の深川の中屋敷、それと品川の下屋敷も偵察に行ってみたが、まだ父親が押し込められている場所が分からないのだと告げた。

「やはりそうか……今度の件は藩士たちの目からも遠ざけようとしている節がある。知らぬ者も多いのだ。ただ、弥生殿、下屋敷は品川だけではない。もう一カ所ある」

「まことでございますか」

　弥生は驚き、

「切り絵図には載っていませんね」

　確かめる。

「載っていません。もう一カ所の下屋敷というのは、本所《ほんじょ》の押上《おしあげ》村にあるのです」

「押上村に？」

「そうです。お上から拝領した土地ではありません。藩が購入した土地です。主に藩邸で使う農作物を作るための土地だと聞いていますが、明日にでも一度確かめてみましょう」

達之進の言葉は歯切れも良く、きりりと引き締まった顔つき、坐《ざ》した背の緊張感、どれをとっても切れ者の若侍といったところか。

「今日ここに参ったのは他でもございません。弥生殿の父上が、どういう状況で罪人とされてしまったのか、私の目で見たそのままを伝えたくて参ったのです」

緊張感が瞬《また》く間に部屋を覆《おお》う。

市兵衛と佐和は、気を利《き》かして腰を上げたが、

「市兵衛殿ご夫婦には、一緒に聞いていただけませんでしょうか」

達之進はまずそう言った。そして弥生には、

「弥生殿、私がこの宿を勧めたのは、旅籠を調べていて、こちらが一番信用のおける宿だと分かったからです。こちらの市兵衛殿は、元は旗本三百五十石の御嫡男だったお方……」

「まあ……」

弥生は小さな驚きの声を上げて市兵衛を見た。

市兵衛が苦笑すると、達之進の説明が続く。

「市兵衛殿は訳あってここに宿を構えているが、私などが及ばぬ大家。一緒に話を聞いていただき、何か良い助言があればいただきたい、そう思ったのです」

「よろしくお願いいたします」

弥生も手をついた。

「承知しました。役に立てれば幸い、話を伺いましょう」

市兵衛が頷くと、達之進は改まった顔で話を始めた。

「一月前のことです。私はお父上から話しておきたいことがある、藩邸の誰にも気づかれずに来て欲しいと、町の、小料理屋の二階を指定されました……」

藩邸には長屋があって、参勤でやって来た者たちは、皆その長屋で暮らすのだが、下級の武士は四、五人が同じ長屋だ。

一方で弥生の父親の名村作左衛門などは役付きゆえ、長屋ひとつを一人で与えられているのだが、そうは言っても人の目がある。

隣の長屋とは壁一つで繋《つな》がっていて、聞き耳を立てられているかもしれず、作左衛門は町のなじみの小料理屋を指定したのだった。

当日、達之進が店に上がると、女将《おかみ》は心得ていたらしく、すぐに離れの小さな部屋に案内してくれた。

そしてそこで作左衛門は、用人の杉田《すぎた》弘恵《ひろえ》が他藩の用人との談合だと言い、私的な遊興に公金を流用している。どうやら料理屋にいた女を囲うための金らしいと、仰天する話を告げたのだった。

作左衛門の話によれば、証拠は摑《つか》んでいるが、一度本人に質してみたい。万が一私に何かあった時には、長屋の私の荷物の中を見て欲しい。

作左衛門はそう達之進に言ったのだった。

達之進はそこまで話すと、

「少し杉田弘恵用人について話しておきますと、まだ三十になったばかり、その若さで藩の重大な役割を担《にな》う用人に取り立てられたのは、奥方が国家老の娘だからです」

押し殺した声で言い、市兵衛を見た。その目は憤《いきどお》りで光っている。

「つまり、その能力もない男が用人に抜擢《ばってき》されたと……」

市兵衛の言葉に、達之進は頷《うなず》いた。

杉田弘恵の用人としての力量は、誰もが認められるものではなかった。大した仕事も出来ないのに肩で風を切って藩邸を歩く杉田弘恵を、達之進ばかりか多くの者が顔を顰めて見ていた。

江戸家老でさえ遠慮が見える男だ。誰も杉田に意見できないのかとほぞをかんでいたところに、作左衛門が勘定方としての苦言を呈したのだ。

名村作左衛門の苦言は、達之進と密会した三日後のことだった。

勘定方に新たに金の工面をしろとやって来た杉田弘恵に、名村作左衛門は待ったを掛けたのだ。

それは、杉田弘恵が頭ごなしに勘定方に言いつけて、廊下の外に出た時だった。

「ご用人が今申された金は工面できかねますな。藩庫にそのような金はありませぬ」

丁度そこに達之進も通りかかって足を止めた。

「何、金が無いから出せぬ……それで勘定方が務まるのか？」

杉田弘恵のいらいらした声が飛んだ。杉田はいつも上から物を言う。

「なぜ出せないのか、そなたが存じておりましょう。これまで出金した使い道に不正がござる。藩の財政が逼迫《ひっぱく》し、殿のお暮らしにまで支障が出ているというのに、お慎みくだされ」

作左衛門は、一歩も引かぬ顔で言った。

「もういっぺん言ってみろ！」

杉田弘恵が烈火のごとく怒ったのはいうまでもない。

「老いぼれめが、私をなんと心得ている。口を慎むがよいぞ。俺の口ひとつで、お前も、お前の倅《せがれ》も、どうとでもなるのだ」

杉田弘恵は馬鹿にしたような目で笑った。

「脅しにのる私ではない。杉田弘恵殿、私の忠告を退けるのなら、ご家老にお伺いをしてみるが、よろしいですな」

名村作左衛門は厳しい口調で言い、背を向けた。

その背に、杉田弘恵はいきなり斬りつけたのだ。

「あぶない！」

達之進の声に、作左衛門は振り返った。そして咄嗟《とっさ》に杉田弘恵の刀を躱《かわ》し、同時に小刀を引き抜くと、杉田弘恵の腕を斬っていた。

「人殺しだ、乱心だ！」

杉田弘恵は、腕を押さえてかなきり声を上げた。その叫びで、藩邸にいた多くの者が集まって来た。むろん目付もすぐに来た。

作左衛門は目付に事情を聞かれて長屋に留め置かれていたが、三日目に『私《し》怨《えん》で杉田弘恵を斬ったことは藩法に違反する』そういう名目で、杉田弘恵はお構いなしだが、名村作左衛門は乱心者として捕らえられ、牢屋に繋がれたのだった。

「私はその場で見ていましたから、ご家老にも子細を申し上げたのですが、斬られた杉田に同情したのか、証拠もないではないかと一蹴《いっしゅう》されて聞き入れてもらえませんでした」

達之進は話し終えると、苦渋の顔で市兵衛を見た。

「証拠はあるのではないか、作左衛門殿の荷物の中を調べてみたのですか」

市兵衛は言った。

「それが、私が調べようとして名村様の長屋に行った時には、荷物全部が無くなっておりまして……」

「では、父上の疑いは晴れないのでございますか」

弥生がいたたまれないような顔で訊《き》く。

「証拠が出てくれれば、お父上の命は助かると思っています」

達之進の言葉に、

「今なんと、なんと申されました……父上の命は危ないとおっしゃるのですか」

弥生は蒼白《そうはく》になった。

「実は先日、お父上切腹の噂《うわさ》が藩邸内を駆け巡りました。国元に護送しての切腹なのか、この江戸藩邸内でということなのか、それは分かりません。ですが、事態はそこまで緊迫してきています。それでなんとかしなくてはと、そう思って弥生殿を呼んだのです」

一同は言葉を失った。しばらく息苦しい沈黙が続いたが、

「達之進殿。名村作左衛門殿が押し込められているのはどこか、そこをつきと

めて作左衛門殿に会い、不正の話を直に訊くこと。また、消えた作左衛門殿の荷物、それを見つけて証拠を探し出すことだ」

「はい」

決意に満ちた顔で達之進は頷いた。

すると佐和が尋ねた。

「用人の方が遊興したという料理屋はどこのなんという料理屋でしょうか。また、お二人が密会した小料理屋も教えて下さいませ」

「杉田が遊興に使っていたのは、おそらく、神田柳橋の袂《たもと》にある『天《あま》の屋《や》』だろうと思います。私と名村様が密会した小料理屋は三十間堀の木《こ》挽《びき》橋西袂にある『浜屋《はまや》』です」

「分かりました」

佐和は頷いて、市兵衛と顔を見合わせた。

四

翌日、藤堂達之進と弥生は、本所の押上村に向かった。

下屋敷は十間堀がすぐ近くに見える所で、一帯は畑になっている。下屋敷も簡素な塀で、廻りを板塀で囲っていた。ざっと五百坪はありそうだった。

門は木戸門、達之進が押してみると、歯ぎしりするような音を立てて開いた。二人が門の中を覗いて注意を払い、中に入ろうとしたその時、三人の警護の者が走って来た。三人ともたすき掛けに袴《はかま》も股立《ももだ》ちをとっていて、いつでも斬り合うぞと言わんばかりの格好だ。

これには達之進も緊張した。

「誰だ、勝手に入ってはいかん。ここをどこだと思っている」

年嵩《としかさ》の護衛の男が胸を反らせて言った。

「いや、すまぬ。私は上屋敷にいる納戸《なんど》役《やく》の藤堂と申す者だ。ちかくに用があって参ったのだが、以前からここに藩邸があると聞いておった。一度中を見てみたいものだと立ち寄ったのだ」

達之進は、かねてより考えていた文言をすらすらと告げた。

「何、納戸役の藤堂だと……われわれは何も聞いておらぬ。用人の杉田弘恵様の許可がなければ誰も通すことは出来ぬ。帰ってくれ」

護衛たちはけんもほろろの言いようだ。

「それはおかしい。ここは藩邸でも作物などを作るための土地だと聞いている。百姓は出入りしているのだろう……ならば藩士の私が中に入って何が悪いのだ。何かあるのか？」

達之進は木戸門の奥に目をやった。

手前に板葺《いたぶ》きの長屋が見えるが、そのまわりは雑木が冬枯れのまま立っていて、枯れた茅《かや》の株もあちこちに見える。

「帰れというのに！」

護衛の一人が六尺棒を持ち出して来た。

達之進と弥生は、しぶしぶ退散するしかなかった。踵《きびす》を返したその刹那《せつな》、

――おやっ……。

達之進は町駕籠《かご》を従えてやって来た町人を見て目を見張った。

それは間違いなく市兵衛だったからだ。

「達之進さま……」

弥生も驚いて見ている。

市兵衛は木戸門で警護の者に言った。

「ご苦労さまでございます。実はご用人の杉田様から新酒を届けるよう承りました。私は北新堀町の酒問屋『灘屋《なだや》』でございます」

市兵衛の声は大きく、達之進と弥生にもはっきりと聞こえる。

「ほう、杉田様がな。ありがたい、体が冷えて困っておった。灘屋、奥の長屋に運んでくれ」

「はい、承知いたしました。どうぞ皆さんもすぐにも樽《たる》を割って、試し飲みしてみて下さい」

「よし、そうするか？」

年嵩の警護の男が言い、町駕籠と市兵衛を案内して、長屋の方に向かって行った。

達之進は弥生の手を引っ張ると、道を隔てた窪地《くぼち》に身を隠した。

「ここで市兵衛殿が出て来るのを待とう」

「ささ、どうぞ思いっきり割って下さい」

市兵衛は長屋の中に酒樽を運びこむと、笑顔で言った。

「よし、いただこう！」

歓声を上げて警護の者たちが樽を割る。

「それでは私はこれで、失礼いたします」

市兵衛は腰を折り、町駕籠をひきつれて木戸門まで戻ると、

「さあ、これでおまえさんたちの役目は終わりだ。帰りなさい」

懐《ふところ》から金を出して駕籠かきに渡した。駕籠かきはぺこぺこして、喜んで帰って行った。

市兵衛はそれを見届けると、身を翻《ひるがえ》した。

わいわいがやがやと酒を呷《あお》る警護の声を耳にとらえながら、長屋を過ぎ、雑木林を抜けた所で立ち止まった。

「ふむ……」

市兵衛が立っているその先には畑が広がっていた。葉物の野菜が植わっていたようだが、ほとんどが収穫された後のようで、ひとところにネギが見えるばかりだった。

右側の塀際《へいぎわ》に百姓小屋があった。辺りに百姓の姿が見えない所をみると、春の種まきの頃まで、ここは放置されたままなのだろうかと思った。

――それなのに、あの警護たちは何のためにここにいる……。

弥生の父、名村作左衛門がここに幽閉されているからに違いなかった。

市兵衛は一度背後を振り返った。誰もいないのを確かめてから、すばやく百姓小屋まで走った。

身を沈めて中を窺《うかが》う。

「！……」

市兵衛の両目は、小屋の中で後ろ手にしばられて、髪を乱して俯《うつむ》いて座っている武士を見つけた。

市兵衛は、もう一度背後を確かめた。

もうそろそろ薬が効く頃だと思ったが、用心に用心を重ねている。市兵衛は純庵に、ほんの少しの間眠くなる薬を頼み、それを酒に混ぜていたのだ。ただし、薬を混入されたなどと気づいては困るゆえ、酒に酔って眠くなったのかと思われる微妙な加減が必要だったが、純庵のさじ加減は良かったようだ。

「名村、作左衛門殿でございますな」

きしむ板戸を開けて中に入り、市兵衛はとらわれの身の侍に訊いた。

俯いていた侍が、きっと顔を上げた。頬が痩《こ》けて目が鋭いが、人品卑《いや》しからず、まさに高潔の人物と市兵衛は見た。

「名村だが、そなたは？」

侍は言った。

「私は回向院前でへんろ宿をやっている市兵衛という者です。わが宿に名村様の娘御弥生さんが泊まっておりまして、子細をお聞きし、微力ながら手助けをしたいと思いまして……」

最後まで話さぬうちに、

「何、弥生がこの江戸に来ておるのか……」

作左衛門は驚愕《きょうがく》した目で市兵衛に聞き返した。市兵衛は頷いて、

「お父上から真実を訊きたい、その一念で参ったようです」

「弥生が……」

作左衛門は息を呑《の》んだが、次の瞬間、胸に迫るものを抑えて唇を噛《か》んだ。や

がて血の滲《にじ》んだような目で市兵衛を見た。

「市兵衛殿、私は昨日、切腹を言い渡された」

「何と……」

予想していたとはいえ驚かずにはいられない。

「三日後に唐丸籠《とうまるかご》で国元に向かうようだ。切腹は国元でということだろう。私に非はない。私を消すことで、あの杉田の若造は自身の罪を隠蔽《いんぺい》できる。そう考えてのことに決まっている。ただそうなると、名村家は断絶、倅や娘はどうなってしまうのか、それが案じられて、無念でござる」

かっと目を見開いて訴える。その時だった。

「父上……」

走り込んで来たのは弥生だった。

「弥生！」

父と娘は、しばらく声を殺して涙を流した。

「市兵衛殿」

表から達之進の声がした。

市兵衛が立ち上がって振り返ると、達之進が一帯に目を配って警戒していた。

「市兵衛殿が出てこなかったので中に入ってみたのです。そしたら警護の者たちが寝込んでいて、それで今度は弥生殿を連れてここまで……私は外で見張っています。でも急いで下さい」

達之進は、視線を向こうに向けたまま、小さな声で市兵衛に言った。

「承知した」

市兵衛は返事をすると、作左衛門と弥生に言った。

「弥生さん、父上に証拠の話を……急いで」

「はい」

弥生は涙を拭《ぬぐ》うと、

「父上、証拠の品があれば手を打てます。でも、長屋の父上の荷物はみんな持って行かれたようです。他に証拠は……」

必死の顔で父親に訊く。

「ある、あるとも。もう諦《あきら》めておったのじゃが、頼まれてくれるか、弥生」

作左衛門は言った。

五

その頃佐和は、神田柳橋の『天の屋』にいた。

まもなく昼時を迎える料理屋は、仲居も女中も若い衆も、それぞれの役目で忙しく動いている。

また、佐和が座っている居間には、隣接する調理場の音が聞こえている。まな板で何かを刻む包丁の音、食器を並べ、棚から下ろす膳《ぜん》の音も、この料理屋の人気ぶりを表している。

佐和は、少し前にこの料理屋の玄関に立っていた。

「女将さんのお稲《いね》さんにお会いしたくて。へんろ宿の佐和と申します」

出て来た仲居に告げると、すぐに料理屋の居間に通されたのだ。その部屋は、女将のお稲が奉公人にあれこれ指図する部屋でもあった。

佐和は時折一弦琴を弾きに来ているが、それ以前に、三年前に浅草寺でお稲と知り合っている。それからは時々会ってお茶を飲んだり、能を一度見に行ったこともある。

女将が背にして座る壁にある大きな神棚を見詰めながら、亭主が先年亡くなってから一人で料理屋を差配しているお稲に佐和は改めて感心していた。

「あら、お待たせしてしまって……」

まもなくお稲がにこやかな顔で入って来た。

「佐和さんの評判とてもいいのよ。もう少しうちで弾いてもらえると嬉《うれ》しいんだけど」

お稲は長火鉢の前に座ると、長い煙管《きせる》を手に取った。

「ありがたいんだけど、うちの方もだんだん忙しくなってしまって……それに近頃、一弦琴を教えてほしいなんて言って来る人もいて」

佐和は微笑《ほほえ》む。

「でもうらやましい、あんな良い旦那《だんな》さまがいて……私なんて、こんなにあくせく働いて先々どうなるかしらって思うもの」

お稲は笑った。だがすぐに真顔になって、

「で、何か話があったんでしょ、何かしら？」

煙草《たばこ》の灰を、火鉢の中にぽんと落として佐和の顔を見る。

「ええ、少しお聞きしたいことがあって……こちらでは藩邸のご用人の皆様が会合を開くことがあるでしょう。実は松島藩の用人で杉田弘恵という人も、こちらに再々訪れているとききまして……」

佐和は言った。

すると、お稲は顔を曇らせ、

「佐和さん、あなたがいくら私の友達だからって、お客様のことを話す訳にはいかないのよ。それをやれば、料理屋は立ちゆかない、信用を無くしてしまいますからね」

即座に言った。

「分かっています。きっとそのようにおっしゃると思っていました。ですが、人ひとりの命に関わる話だとしたら、いかがでしょう……それでも話していただけないでしょうか」

やんわりと佐和は訊くが、お稲は迷惑そうな顔で見ている。

何も答えずに、お稲はまた煙草を吸い始めた。

「分かりました。それでは私、ここで世間話をして帰ります。面倒なら席を立っていただいてもかまいません」

佐和はそう告げると、杉田弘恵用人がこの天の屋に頻繁に足を運んで、その費用が藩の台所を圧迫していること。それを暴《あば》いた名村という人が、杉田に襲撃を受けたにもかかわらず、思わず放った一撃が杉田を傷つけ、名村はとらわれの身となり、明日の命も分からない状態だということ。

杉田用人の乱費の証拠が上がれば、名村という人の命は救われるということなど、黄表紙の物語を話すように佐和は語った。

「……」

お稲は黙って聞いていたが、応《こた》えることはなかった。

「お邪魔いたしました」

佐和は立ち上がった。

お稲の立場は十分に分かっている。強制できるものではなかった。佐和は、役人でもなんでもない、町の一介の宿の女なのだ。

「ごめんなさい、あなたを悩ませてしまいました」

佐和が踵を返すと、

「待ちなさいよ、水くさいわね」

お稲が呟《つぶや》いた。

振り返った佐和に、お稲は、

「私も伝えたい世間話があるんですよ。勝手にしゃべりますから、そこにお座りなさいな」

しらっと言った。

「お稲さん……」

佐和はまた、お稲の前に座った。

「まったく私も商売とはいえ、感心しないことがありましてね……うちの店を使ったと言っては藩からお金を引き出しているお侍のことですよ。真っ赤な嘘《うそ》です。その金は妾《めかけ》につぎ込んでいるらしいんですよ。その妾というのが、情けないことに、うちにいた仲居でお品《しな》という女なんです。あたしはね、お品に言ってやったんですよ。大商人が妾を持つというのなら結構な話だけど、藩のお金を使って遊んでいる人の妾になって金をくすねたら、そりゃあ大きな罪になるよって、公《おおやけ》になったらただではすまないんだからって……だけどお品は私に腹を立てて出て行きました。今は木挽町に囲われているらしいわね。藩のお金を女に使っていることは、店の者は皆承知だから」

お稲はたんたんと話すと、

「さて、見て廻らないと……」

すっと立ち上がって部屋の外に出て行った。

――お稲さん……。

佐和は興奮した面持ちで立ち上がった。

一刻《いっとき》後、佐和は木挽町の仕舞屋《しもたや》の前に立っていた。

「おかみさん、この家だと思いますぜ」

一緒にやって来たのは岡っ引きの欽次郎である。

「何、十手《じって》を見せれば隠し事は出来ねえ。行きやしょう」

佐和は欽次郎と仕舞屋の戸を叩《たた》いた。

すると、若い女がしなしなと出て来た。怪訝《けげん》な顔をしている。

「こちらは、お品さんのお宅でございますね」

佐和が尋ねた。

「ええ、そうですが、どちら様でしょうか?」

「少しお前さんに訊きたいことがあるらしいんだ。話してやっちゃあくれませんかね」

欽次郎は、ちらりと十手を見せてお品を睨《にら》んだ。

翌日、弥生は達之進と一緒に、木挽橋西袂にある小料理屋『浜屋』を訪ねた。松島藩は、愛宕下《あたごした》大名小路に上屋敷がある。小料理屋浜屋とは距離もあるが、万が一の事を考えて、弥生は紫の頭巾《ずきん》を被《かぶ》っていた。

昨日父の名村作左衛門が、証拠の一部を浜屋の離れの部屋の、違い棚の下に飾ってあった伊万里焼《いまりやき》の壺《つぼ》の中に入れてあると言ったのだ。

達之進と会ったあとに、万が一のことを考えて調べ書きをした帳面の半分を、伊万里焼に隠したのだという。

その話が本当なら、壺の中にある筈《はず》だ。ただし、女将が気づいて藩邸に届けたりしていなければの話だが。

佐和が訊いてきた天の屋の女将の話、そして欽次郎に手伝ってもらってお品を問い詰めて分かった杉田弘恵の横領の数々、だがその話を証拠として確固たるものにするには、名村がこまめに記した記録が必要だった。

「女将、離れが空いているのなら、見せてもらいたい。名村様が忘れ物をしていたようなのだ」

玄関に出て来た女将に告げると、女将は半信半疑の顔で、

「そういえば、藤堂様といらした後で、名村様はお一人でおみえになって、部屋を見せてくれとおっしゃった事がございます。その時も何かお探しになったのでしょうか」

「すまぬ、私にも部屋を見せてもらいたい」

達之進は頼み込んだ。

「どうぞ、お好きなだけご覧下さいませ」

女将は愛想良く、離れに案内してくれた。

部屋に入るなり、弥生と達之進は顔を見合わせた。

確かに違い棚の下に、伊万里焼の壺がある。

「ごめん」

達之進は歩み寄って、壺に手を入れた。

「あったぞ！」

達之進は興奮した声を上げた。

これで名村作左衛門の命は助かる。はやる心で二人は小料理屋を後にした。

だが二人は、木挽橋を東に渡ったところで、背後から追いかけて来た松島藩上屋敷の徒目付五人に囲まれた。

「藤堂さん、浜屋から何か持ち出したようだな。ずっと外から見張っていたのだ。それをこちらに」

顔の赤い男が言った。

「加《か》藤《とう》さん、いったい誰の命令だ」

怒りに震えて達之進が声を荒げた。

「杉田様だ、渡せ」

加藤と呼ばれた男が、手を差し出した。

「渡せぬ」

きっぱりと達之進が言い切った。すると、

「斬《き》るぞ！」

加藤の声に、あとの四人も反応して刀を抜いた。

弥生も懐剣を抜く。

「かかれ！」

達之進の右から左から、徒目付の男たちが斬りかかって来た。達之進も剣を抜くが、多勢に無勢、二人は囲まれてしまった。

間髪入れず、加藤の剣が弥生の胸元に飛んで来た。

「うっ」

蹲《うずくま》ったのは加藤だった。

「市兵衛さま……」

弥生が驚いたのも無理はない。市兵衛が飛び込んで来て、加藤の体を突き飛ばすと、次の痩《や》せた徒目付の剣を鉄拳《てっけん》で打ち落とし、その剣を拾い上げて構えた。

「な、何者だ！」

叫んで睨む加藤たちに、市兵衛は言った。

「そなたたちは藩邸の者だな。杉田という用人のいいなりになって、この二人に剣を向けて胸が痛まないか……悪のために働いて恥ずかしいと思わないのか！」

じりっと市兵衛は五人に向けて足を進める。

五人は青い顔をして、ひとつ後ずさりした。

覆い被せるように市兵衛は言う。

「うすうす知っている筈だ。杉田という用人が外で何をやっているのか……国では百姓たちが汗を流して米を作っている。その米でそなたたちは暮らしているのだ。苦労をして米を作っている百姓たちの事を考えれば、一文でも不正があってはならぬのではないか……百姓たちだけではないぞ。そなたたちの国元の家族だって、節約に節約を重ねて暮らしているのではないのか……だから名村殿は、国元で苦労をしている人たちのために身を犠牲にして杉田に苦言を呈したのであろう。それなのにそなたたちは公金を使い込んだ者に荷担するのか……それでいいのか……」

もう一歩五人の侍たちにじりっと寄る。すると、加藤が叫んだ。

「引け！……刀を引け！」

「おい待て、これを持ってかえらぬか。刀を置いてきたとなっては、ただではすむまい」

市兵衛が取り上げていた刀を放り投げると、痩せた徒目付は慌《あわ》てて刀を拾い上げた。

五人の徒目付たちが我先にと走り去ると、

「市兵衛殿、助かりました」

弥生と達之進が頭を下げた。

「間に合ってよかった。もしやと案じて来てみたのだ」

市兵衛は言った。

六

「父上……」

弥生は、早朝のまだ明け切らぬ頃に、押上村の下屋敷から出て来た唐丸籠をじっと見詰めた。

その側《そば》に寄り添って立つ達之進も苦渋の顔だ。

「旦那さま、おいたわしい。源七は悔しゅうございます。お役にたてず申し訳ございません」

ようやく床を離れることが出来た源七も泣き崩れる。

辺り一帯は薄曇りのような景色で、そこに心細げな雪が、ちらりほらりと落ちてくる。

籠を担《かつ》ぐ者は四人、廻りを警護の侍四人が固めている。

一行は弥生たち三人が待ち受ける通りに、ゆっくりと近づいて来る。

「無念だ」

達之進が思わず呟く。

先日達之進は江戸家老佐久間舎人《さくまとねり》に証拠を手にして訴えたが、その時江戸家老は返事に窮して黙然としていたのだ。

「我が藩の組織は腐っている。これでは名村様は無駄死にだ」

市兵衛に怒りと苦悩をぶちまけた達之進だった。だが市兵衛に、

「まだ終わってはいない。将棋だって最後の一手で勝敗が決する。けっして諦

めてはならぬ」

強い口調で諫《いさ》められた。

弥生も、大坂の内儀からまじなってもらった掌を合わせて祈り続けていたのだが、状況は変わらなかった。

――せめてこの目で父上を……。

弥生は父が護送されてくるのを待っているのだった。

本当は父を見失わないよう同道して国に帰りたいが手形が無かった。源七の体もまだ不安定で、弥生一人では道中が危なくて国に帰れない。一足遅れるが藩邸に願い出て、手形を貰《もら》うしか道はなかった。

弥生は降り注ぐ雪を払うこともせず、父が乗った唐丸籠が近づいて来るのをじっと待った。

まもなく、唐丸籠は三間ほどの距離に近づいた。

「父上！」

弥生は走り出て、膝《ひざ》をついた。

「！……」

名村作左衛門は弥生を見詰めた。薄青い着物一枚に筵《むしろ》を肩に回している父の変わり果てた姿は、寒さをしのぐためとはいえ、娘の弥生には見るに堪えない。

「父上様」

もう一度弥生が呼びかけたが、舞い散る雪の中を、作左衛門は乱れた髪を頬に垂らし、真っ赤な目で弥生を見詰めながら運ばれて行く。声は発しなかった。誰とも言葉を交わしてはならぬと命じられているに違いなかった。

「ああっ……」

なすすべもなく弥生はそこに泣き伏した。

だがそこに突然、蹄《ひづめ》の音が聞こえてきた。一同がはっとしてその方に視線を投げると、騎乗した侍と供の者三人が近づいて来た。

「ご家老！」

達之進が叫んだ。

弥生や達之進の見詰める前で、供の者は唐丸籠の前に立ちふさがると、

「止まれ、御家老佐久間様だ」

唐丸籠を止めた。すると騎乗した侍が馬上から下りて唐丸籠の名村作左衛門

に近づいて来て片膝をついた。

「名村作左衛門はお構いなし、殿の御裁断だ。また、杉田用人は蟄居《ちっきょ》となった。国元のそなたの倅殿の他行禁止も本日をもって解かれた」

「かたじけない」

名村作左衛門は、唇を嚙みしめた。

「名村殿、わしも今度の件については大いに反省しておる。杉田の言葉のみを信じたことで、そなたの身を危険にさらすことになった、許せよ」

佐久間家老は言い、立ち上がると背後を振り返った。

すると今度は藩邸の駕籠が現れた。

弥生の父は、唐丸籠から出されて藩邸の駕籠に乗り換える。足腰が弱っているらしく、よろけて両脇《りょうわき》を支えられての移動である。

弥生も源七も、達之進も思わず走り寄る。

佐久間家老は、三人に気づいて近づいて来た。

「名村殿の娘、弥生殿じゃな」

「はい」

雪に濡《ぬ》れた地に、弥生は膝を直して両手をつく。

「宿を払って藩邸に参られよ。そして父の介護をするがよいぞ」

「ありがとうございます」

弥生は深く頭を下げた。おたきがまじなってくれた手のひらを開いてじっと見詰めた。

「藤堂、よしなに頼んだぞ」

佐久間家老はそう告げると、馬に乗って藩邸に帰って行った。

遠くの物陰から、市兵衛も一部始終をじっと見守っていた。市兵衛の顔には安堵《あんど》の色が広がっている。

実は昨夜市兵衛は、昔のつてを頼って目付の秋月《あきづき》大和守《やまとのかみ》を訪ねていた。十年ぶりの再会だったが、秋月は快く招き入れてくれたのだった。

目付といえば、老中でさえも恐れている存在だ。その秋月に松島藩の藩士で、無実で切腹させられるかもしれない男がいるのだと、世間話の一つとして話したのだ。

秋月目付はじっと聞いていたが、

「おぬしはただ茶を飲みにきた訳ではあるまいよ」

笑って市兵衛を見た。

おそらく秋月は、あのあと松島の藩主に、松島藩には妙な噂がたっている、本当ならいかがなものかと、なにげなく尋ねたに違いない。それが江戸家老を動かす大きな力になったことは、言うまでもない。

市兵衛は昔の友人秋月に心の中で礼を述べた。そしてそっとその場を離れた。

数日後、へんろ宿に一弦琴の音色が流れている。

うっとりとして聞き入るのは、大坂からやって来ているあの三人だ。明日は大坂に帰って行く。

「最後に佐和さんの琴、聴かせておくれやす。もう二度と江戸に出てくることはないかもしれまへん。思い出に是非……」

三人に口々に請《こ》われて、この夜は一弦琴の演奏会と化したのだった。

ちらりほらり
ちらりほらり
名残の雪や
大川に舞い落ちる
君恋い慕う
隅田川の雪

へんろ宿にはもう弥生の姿も源七の姿もない。

先日、名村作左衛門護送の折に降っていた雪はとうに溶けて、昨日今日は春の日差しが忍び込んでいるように感じる。

佐和は、市兵衛の視線を受けながら、弥生の幸せを一弦の音色にのせて琴を弾く。

蟬《せみ》の時雨《しぐれ》

一

千歳《ちとせ》ふる
松の寿《ことぶき》
緑なる
苔《こけ》は蒸すとも
色変えぬ
操《みさお》すぐなる
若竹や
雪の重みはまだ知らず

暮れ六つ、回《え》向《こう》院《いん》前にある『へんろ宿』から、一弦琴の音が漏れてくる。

この宿は食後のひとときに、お客の所望によって一弦琴を弾いて聞かせるというのが他にはない接待のひとつになっている。

外は薄墨色から闇《やみ》の色に塗り替えられる黄昏《たそがれ》時、昼間の熱暑もようやく治まり、窓辺の外に垂らした御簾《みす》からは涼しい風が忍び込んでいる。

その寂とした一室には、燭台《しょくだい》の蠟燭《ろうそく》の炎が糸を引いて立ちのぼり、一弦琴の幽玄の世界を一層妖しく醸《かも》し出しているようだ。

知らぬ筑紫《つくし》へ
行く梅も
昔生まれは
浪速津《なにわづ》に

一弦琴を弾き歌っているのは、この宿の女将《おかみ》で佐和《さわ》という京女である。

佐和の歳《とし》は三十半ば、艶《つや》のある声が琴曲『松の寿』に唱和して、宿のこの一室は別世界と化している。

耳を傾けているお客は老夫婦。亭主の名は治兵衛《じへえ》、妻女の名はおまつと言い、二人はしみじみと思い出を嚙《か》みしめながら耳を傾けているように見える。佐和がいま弾いている曲は、まさにこの二人が共に歩んで長寿を迎え、こうして江戸でひとときを楽しんでいる、その至福を寿《ことほ》ぐ曲である。

するとそこに宿の主《あるじ》である市兵衛《いちべえ》が静かに入って来て座った。

市兵衛は齢《よわい》五十そこそこ、元は三百五十石の旗本の嫡男《ちゃくなん》だったが、事情があって家は断絶、その後長い間放浪の旅を続けていた。最後に四国の八十八カ所を巡ったのち、江戸に戻ってこの宿を始めたのだった。

宿の名はへんろ宿。その名の通り普通の旅籠《はたご》ではない。食事は質素だが宿代は安く、宿泊先探しに困っている人や、神社仏閣巡りをする長期滞在の人たちに宿を提供しているのだった。いわば、おたすけ宿と言ってもよい。

市兵衛はへんろ宿を開くことで、さまざまなお客の人生を聞き、またそれに寄り添い、手助けもして、武士では得られないものを授かっていると自負している。

宿を支える者はもう一人いる。女中のおとらである。もはや老境に入っている女だが、それだけにお客への心遣いもそつが無く、また台所をしきっているのもおとらである。

この日もおとらは隣の部屋の薄闇に座り、横にお膳《ぜん》を置き、じっとこちらの部屋を窺《うかが》いながら耳を傾けている。おとらはもう一人のお客の帰りを待っているのだった。

今へんろ宿に宿泊しているのは、老夫婦とおたまという若い女だった。

おたまが帰って来て食事を済ませてくれなければ、夕《ゆうべ》の膳が片付けられないのだ。

鶯《うぐいす》の来て
春を告げ
花の鏡と
なる水に
亀《かめ》ぞ浮かびて

君が代を
久しかれとぞ
祈り舞う
鶴も群れいて
遊ぶなり

佐和が一弦琴を弾き終わると、

「ありがとうございました」

老夫婦は頭を下げた。

おとらが直《す》ぐに部屋に入って来て、消していた行灯《あんどん》に火を点《とも》す。

その灯を受けて、おまつが言った。

「佐和さん、私たちのために目出度《めでた》い曲を弾いて下さいまして有り難いことです。一弦琴を聞きながら、こうして長生きをいたしまして、この人と老いのひとときを過ごしていることを、つくづく幸せに思いました」

「良かったこと、気に入って下さいましてありがとうございます」

佐和は嬉《うれ》しそうな顔で礼を述べ、

「私たち夫婦も治兵衛さんとおまつさんのように、元気で歳を重ね、旅が出来たらと思います」

微笑《ほほえ》んで老夫婦の顔を見た。

その時だった。玄関に人の気配がした。

「あっ、お帰りだ」

おとらが玄関に飛んで行った。

「申し訳ございません。帰りが遅くなりまして……」

玄関から聞こえてくる声は、逗留《とうりゅう》中の娘の声だった。

「それでは私たちはこれで……」

治兵衛が言い、おまつと二人で一階の客間に引き上げて行った。

本来の客室は二階にあるのだが、市兵衛は老夫婦のために一階の来客用座敷を当てがっている。階段の上がり下りで足を滑らせたりして怪我《けが》などしないようにという配慮だった。

「旦那《だんな》様、女将さま、遅くなりましてすみません」

老夫婦と入れ替わりに、おとらと一緒におたまが膳の用意が整った居間に入って来た。

おたまは二十五歳と聞いている。丸顔で血色の良いぽっちゃりとした娘で、潑剌《はつらつ》としていて年齢よりずっと若く見える。

泊まり客になってかれこれ十日、おたまは毎日どこかに出かけて行くのだが、失望感で次第に顔が暗く染まっていくように見える。

市兵衛も佐和も、日ごとに変わっていくおたまの表情に、心を痛めているのだった。

しかも宿に帰って来る時刻もだんだんと遅くなっていて、今日は暮れ六つの鐘を聞いても、まだ帰って来ていない。皆で案じていたところだった。

「お腹《なか》が空《す》いたでしょう。早くお食べなさい。旦那様も外に出かけていて、食事はいまからなんですよ」

佐和は、帰宅が遅くなったおたまが恐縮しているのを見て、気を遣わないように心を配っているのだった。

なにしろおたまが宿にやって来たその日に、市兵衛が宿のきまりごとを告げていたからだ。

「へんろ宿の名の通り、格安ですが決まりは守っていただきます。女中も一人ですから、朝の食事、夕の食事は皆と一緒に頂くよう時間を守っていただきたい。お風呂《ふろ》も、風呂焚《た》きの爺《じい》さんが通いで、それに薪《まき》も高い、だらだらと湯を沸かすことは出来ませんから」

その時おたまは、市兵衛の言葉に頷《うなず》いて、約束は守りますと言っている。おたまも約束を思い出したのか、膝《ひざ》を縮めて申し訳なさそうな顔で箸《はし》を取った。だが、いつもより元気がないように見受けられた。

佐和はお茶を淹《い》れてやりながら、それとなくおたまを見守った。

「それでは出かけて参ります」

翌日の朝も治兵衛とおまつは、朝食が終わると二人で出かけて行った。

「女将さん、あのお二人は本当に仲の良いご夫婦でございますね」

寄り添って出かけて行く二人の後ろ姿を見送りながら、おとらが羨《うらや》ましそうに言う。

「本当に……ああいうふうには歳はとれませんね。長年夫婦でいれば、いくら仲が良いとはいえ、結婚したばかりの頃とは違いますもの」

「あら、女将さんもそう思いますか？」

おとらは笑って、

「そういえばあのお二人は、まるで結婚したばかりのご夫婦のような仲の良さ……」

感心した顔になったが、すぐに顔を哀《かな》しげに歪《ゆが》めると、

「あたしも昔は、昔といっても忘れるほど昔のことですが、所帯を持っていたんでございますよ。でもね、相手を思いやってなんとか我慢して暮らしたのは三年あまり、拍子のひょこたんで出来た乳飲み子の倅《せがれ》が歩くようになった頃には、大酒飲みの亭主とたびたび大喧嘩《おおげんか》をするようになりましてね。そのうちに亭主に女がいる事が分かりまして、私は許してやるものかと離縁してしまったんでございます。その後は一人暮らし、田舎の兄夫婦に養子にやった倅からはなしのつぶて、この歳になって、自分の人生はいったい何だったのかと考えることがございます」

しみじみと言う。

「そう、おとらさんにもそんな事があったんですね」

佐和はおとらの顔を改めて見た。おとらの顔は日焼けしていて、しかも縦横に皺《しわ》が走っている。

佐和はおとらのこれまでの苦悩に胸を打たれて、

「おとらさん、養子にやった息子さん、きっとおとらさんの事を想《おも》ってくらしていますよ、きっと……」

「いえ、それが、養子に出す時に兄に言われたんです。実の倅として育てるから、名乗り出たりしないでくれって……」

「まあ……」

「若い頃には怒りをおさえることが出来ませんでした。腹だちまぎれに亭主と別れましたけど、それが良かったのか悪かったのか……倅にも申し訳ない事をしたと思い、いまだに人生迷い人です。でも、女将さん、私がただひとつ救われたのは、こちらに雇っていただいたことです。本当に有り難いと思っているんでございますよ。足腰立たなくなるまで働かせて下さいまし」

おとらの顔には、いつもの明るさが戻っていた。

「こちらこそ……おとらさん、足腰立たなくなっても居て下さっていいのですよ」

佐和は言った。

「女将さん……」

佐和を見詰めるおとらの目が潤《うる》む。その時だった。

「佐和、おたまさんはどうしたのだ？」

市兵衛が入って来るや案じ顔で訊《き》いた。

確かにもう朝食の時刻は過ぎている。

「ちょっと見てきましょう」

おとらが二階に上がったが、まもなく、

「女将さん！」

二階からおとらの大声が聞こえて来た。

市兵衛と佐和は顔を見合わせると、急いで二階に駆け上がり、おたまの部屋に入った。

「おたまさん、熱があるようなんです」

おとらは、荒い息をしてまだ寝床にいるおたまを見た。

佐和はおたまの枕元《まくらもと》に走ると額に手を当てる。

「すごい熱、旦那様、お医者を呼ばなくては……」

市兵衛に言った。

すぐになじみの医師純庵《じゅんあん》がやって来て、おたまの舌の色を診、脈をはかり、肺の臓に耳を当てて聞き、

「夏風邪じゃな、今年は流行《はや》っておりましてな、肺の臓もやられている。熱が高い間は安静にするように……」

油断をすると命取りになるなどと市兵衛と佐和を脅すように注意をし、熱を下げる薬を置いて帰った。

ところが純庵が帰ってまもなく、おたまが青い顔をして階下に下りて来た。

「女将さん、私、出かけてきます」

半ばもうろうとしているのは医者でなくても分かる。提灯《ちょうちん》の張り替えをしていた佐和は驚いて、

「おたまさん、お医者様から安静にするように言われているんですよ。言われた通りにしていただかないと困ります」

厳しく言って引き留めた。

「でも、こうしてはいられないのです。お薬で少しよくなりましたので……」

佐和の言うことも聞かずに玄関に向かって行く。だがすぐに、へなへなと座ってしまった。

佐和は走り寄って、おたまの身体《からだ》を背後から支えた。

「何処《どこ》に出かけるのか存じませんが、私でよければ行ってきますよ」

「いえ、大丈夫です」

身体を抱えられたまま、おたまは答えたが、すぐに、

「もう諦《あきら》めます。縁が無かったのだと諦めます」

何を断念するというのか、おたまの双眸《そうぼう》には涙が膨れあがってくる。市兵衛が近づいて来て訊いた。

「おたまさん、訳を話してみないか。ここはへんろ宿だ。ここに泊まったお客は、誰にも言えない辛《つら》い話も宿にうち捨て、心を新たにして帰って行く、そう

いう宿だ。私も佐和も、いつでも相談に乗りますぞ」

おたまは黙って頭を下げた。だが心の内を告白することもなく、よろよろと立ち上がると、階段をきしませながら二階に上がって行った。

「いったい、どこに出かけようとしていたのかしら」

佐和の声を聞いて、おとらが前垂れで手を拭《ふ》きながら近づいて来て告げた。

「女将さん、私はおたまさんを、一昨日もその前も、両国稲荷《いなり》で見ていますよ」

「何、両国稲荷だと……」

市兵衛が怪訝《けげん》な顔で聞き返す。

両国稲荷とは、両国橋西袂《たもと》の北側にあり、大川に面している稲荷だが、境内も広く、木々が茂っている。

「まさか毎日あの稲荷に行っているのではないだろうな。本当におたまさんだったのか？」

「間違いありません、おたまさんでした。私がお使いに行く時も見ましたし、帰って来る時も見ています。境内の腰掛け石に掛けておりました。何時《いつ》見ても同じ場所でじっと座っていたんです。誰かを待っているのかしらと思ったんですが、なんだか思い詰めた顔をしていたものですから、声は掛けなかったんですが」

おとらの話に、市兵衛と佐和は顔を見合わせた。

二

その夜の夕食になっても、おたまの熱はあまり下がらないようだった。

佐和は、治兵衛とおまつの帰りを待って、粥《かゆ》を持って二階のおたまの部屋に向った。

「お熱は少し下がったようですね。早くお元気になるためには何か召し上がったほうがよろしいですから、お粥を作ってきました。卵を落としてありますからね」

「すみません……」

おたまは半身を起こすと礼を述べた。

するとその時、おまつが階下から上がって来て廊下に姿を現した。

「風邪をひいて大変な熱だとおとらさんから聞いています。いかがですか」

おまつは部屋に入って来ると、にこにこしておたまに言った。

「いえね、今日私たちは不忍池《しのばずのいけ》や湯島天神に行って参りました。不忍池では蓮《はす》飯《めし》を食べましてね、美味《おい》しくて食べ過ぎてしまって。湯島天神では願掛けを致しましたが、その時、おたまさんの事を思い出して、お守りを頂いて参りました、どうぞ……」

おまつはおたまの手に握らせた。

「ありがとうございます……」

おたまはお守り袋を両手で包んで頭を下げた。

「早く元気になって下さいね。女将さんも心配なさっていらっしゃいます」

「ええ」

おまつの言葉におたまは頷く。

「私にも娘がおりましてね。もう三十半ばですが、あなたを見ていて娘を思い出しました。おたまさん、何か困ったことがあるのなら、佐和さんにお話しなされば良いのですよ。この宿は、お客の世迷《よま》い言《ごと》を聞いて下さる宿なんですから……もちろん、私たちでよければ何でもお話し下さいませ」

おまつはそう告げると、佐和に「今からお食事を頂きます」そう告げて階下に下りて行った。

「女将さん……」

粥を茶碗《ちゃわん》によそう佐和に、おたまは神妙な顔で呼びかける。

「私の話を聞いて下さいますか……」

「ええ、お聞きしますとも……」

佐和は頷いて、粥を載せた盆を側《そば》に置き、おたまの顔を見た。

「一年前の、丁度今頃のことです……」

おたまは静かに語り始めた。

当時おたまは柳橋の船宿で仲居をしていた。

甲州石和《いさわ》の村から出て来て江戸の暮らしも五年ちかく、このまま江戸で暮らして、好きな人と所帯を持ちたい。おたまはそんな希望を抱いていた。

それというのも、おたまには既に想い合った男がいたからだ。

奉公先の船宿に畳替えにやって来ていた、長次郎《ちょうじろう》という見習いがその男だ。

長次郎たち職人の世話をするうちに、二人は心を通じ合わせていたのである。

ところが昨年の夏のこと、おたまは田舎の叔母から文を貰《もら》った。

母が倒れて兄夫婦が手を焼いているようだ。おたまが帰って来て母の世話をしなければ、兄夫婦は畑にも出られなくて困っている。

叔母の文にはそうあった。

おたまは愕然《がくぜん》とした。母と嫂《あによめ》の仲は以前から良くなかった。そんな二人が介護をされる側とする側で向き合う事は、どちらにとっても苦痛なのではないか。

――しかし……。

もうこれで江戸で暮らすことは出来ない。長次郎とも別れなければならない。

おたまは意を決して、別れを告げるために長次郎を両国稲荷に呼び出した。

強い日差しを避けて境内の石に腰掛けて待つおたまの耳に、蟬《せみ》の声が襲いかかるように聞こえていた。

「おたまちゃん」

半刻《はんとき》ほどした頃、長次郎が境内に駆けてきた。

おたまが別れを告げると、

「何を言ってんだよ。一緒になるって約束したじゃないか。いいか、俺は来年の春には年季があける。修業も終わって親方の家を出るんだぜ。そうしたらおたまちゃん、一緒になれるんだよ。おっかさんが病気で、おたまちゃんが世話をしないといけねえというのなら、この江戸に連れて来て一緒に暮らせばいいじゃないか」

長次郎は強い口調で言い、

「いいか、一年経《た》ったら江戸に出て来てくれ。ここで会おう。そしてひとつひとつ決めようじゃないか。俺もそれまでには、貯《た》められるだけ金を貯めて準備をしておく。約束だぜ」

おたまを抱き寄せたのだった。

「あれから丁度一年です。それで私、石和から出て来たんですが……」

おたまは、話し終えると俯《うつむ》いた。

佐和には話せないことだが、この時おたまは蟬時雨《しぐれ》の中で長次郎と抱き合い、初めて接吻《せっぷん》したのである。その時の情景はずっと鮮明に残っている。

「すると、この十日あまり、毎日あの境内に出かけていたんですね」

佐和は驚いていた。

「はい、でも長次郎さんは一度も姿を見せてくれませんでした。何か来られないほどの急用でも出来たのではと思いながら、今日か明日かと待ってみたんですが……よくよく考えてみれば一年前の約束です。もう忘れてしまっているかもしれないのに、のこのこ田舎から出て来て、馬鹿《ばか》な私……」

おたまは自嘲《じちょう》ぎみに小さな声で言う。

「いいえ、馬鹿だなんてそんな事、私でもきっと同じことをしたと思いますよ」

佐和は、勇気づけた。

「女将さん……」

同意を得て、おたまは少しほっとしたような顔を見せた。

「おたまさん、長次郎さんが奉公していた親方の所に行ってみましたか？」

佐和は訊いた。だがおたまは、首を横に振って、

「勇気がなくて……それに、もう親方の所は出ている筈《はず》なんです」

「親方のお名前は？」

「神田の、岩本町の畳屋『福田屋《ふくだや》』です。親方の名前は藤兵衛《とうべえ》と聞いています」

「それならそう遠いという程の距離ではないでしょう。年季があけても、まだ親方のところに居るのかもしれませんよ。ご存じだと思いますが、職人は年季があけても、お礼奉公しなくちゃならないんですからね」

「福田屋に居るのなら来てくれる筈です。でももう諦めます。私、石和に帰らなくてはなりません。母との約束もありますし、江戸にいられる日数はとうに過ぎているんです」

　おたまの顔には不安が張り付いている。

「私が一度福田屋さんを訪ねてみましょうか。おたまさんもこのままでは気持が晴れないのではありませんか」

　佐和の言葉に、おたまはこくりと頷いて、

「実は田舎で縁談がもちあがっているんです。相手は子持ちのお百姓なんですが……」

　失意の顔で佐和を見た。

「そうか、そういう事情があったのか……」

市兵衛は佐和から話を聞くと、組んでいた腕を解き、

「よし、分かった、福田屋には私が行ってみよう。長次郎という男には何か事情があったのかもしれぬ」

ちらと隣室の老夫婦に視線を流しながら言った。

治兵衛とおまつはというと、食事も済み、今おとらにお茶を淹れてもらって、四《よ》方山話《もやまばなし》に花を咲かせている。

二人をじっと見ていると、いつもおまつがおしゃべりをして、治兵衛はおまつに寄り添って、にこにこして相槌《あいづち》を打っているのだ。

——あの仲の良さは珍しい……。

こちらも思わず笑みがこぼれてくる。市兵衛が微笑んで佐和と顔を見合わせたその時、

「親父《おやじ》さん、数馬《かずま》です」

北町奉行所の定町廻り、同心の坂本《さかもと》数馬と岡っ引きの欽次郎《きんじろう》がやって来た。

「どうしたんだね、こんな時間に……」

市兵衛は言いながら座を勧める。

「探索ですよ、近くまで来たものだから、親父さんの顔を拝んでいこうかと思いまして」

数馬は軽快に笑った。

今から十年ほど前のことだ。数馬が同心になってまもなくの頃、市兵衛に助けられたことがある。それ以来数馬は市兵衛に恩を感じて、時折へんろ宿にやって来る。

「ほんとうにお久しぶりですね」

佐和がお茶を出しながら言う。

「まったくです。定町廻りは暇無しですから」

数馬は頭を掻《か》いて苦笑すると、

「親父さん、妙な男たちが宿を求めてやって来た時には、すぐに知らせてくれませんか」

真剣な顔で言った。

「何かあったのか？」

市兵衛の問いに数馬は頷き、

「半年前に深川の油問屋『上総屋《かずさや》』が夜陰に紛れて襲われ、五百両近くの金が金箱から盗まれた話はご存じですか」

数馬はお茶を啜《すす》りながら訊いた。

「そういえば、そんな話があったな。店の者を縛り上げて金を奪ったと聞いている」

市兵衛は、当時のよみうりの記事を思い出した。

上総屋に侵入した賊五人は、蔵などには最初から興味を示さず、その日集金して来た金を保管している金箱を狙《ねら》ったのだと書いてあった。

侵入口も家の者でなければ知らぬような裏の板戸をこじ開けていて、町奉行所は店の中に手引きした者がいたのではないかと疑っていたようだ。

賊たちは迷わず暗闇の店の中を金箱まで進み、一気呵成《いっきかせい》に金箱の金を奪って逃げて行ったということだった。

市兵衛が、その時のよみうりに載っていた記事の話をすると、

「そう、それそれ。あの時不手際《ふてぎわ》があって、一人として捕まえることが出来なかった。皆上方に逃げたと思っていて、また江戸に舞い戻るにしても何年か先の話だろうと高をくくっていたのです。ところが……」

数馬は思わせぶりに、市兵衛と佐和の顔を交互に見る。

「当時捕り物に手を貸した岡っ引きの一人が、先日一味の者を見たというのです」

自ら重々しく頷くと、

「それがこの近くの賭場《とば》だったというので、こんな時間に廻っているという訳です。ここも安宿とはいえ油断は禁物です」

数馬は笑った。

「おいおい、安宿は余計だろうよ」

市兵衛も笑ったが、すぐに真顔になって数馬に訊いた。

「念のために聞いておきたいのだが、盗賊たちの人相風体、名前などは分かっているのか……」

「分かっているのは、その手口から、盗人の頭は『イタチの助五郎《すけごろう》』だろうという事だけです。助五郎は使う手下がいつも同じではないのです。その都度手下を募っている。常に一緒に仕事をする者もいるにはいるらしいが、そういう事情ですから、手下の顔や名前は摑《つか》みにくいのです。このたび賭場に出入りしている奴《やつ》は常に助五郎に従っている子分です。名前は分かっていませんが、押し込みにあった店の手代の話で人相は割れていた。額の真ん中に大きなほくろがある男です。分かっているのはそれだけですが、今度は易々《やすやす》とは仕事はさせませんよ」

　数馬は力んだ。

　すると、側で佐和が出した餅《もち》を黙々と頬張っていた手下の欽次郎が、ふいに顔を上げ、

「そうだ、上総屋ではその年、老朽化した家屋の修理をしていたようです。その折には多くの職人が店に出入りしていましたから、その者たちの中に盗賊の仲間がいたのかもしれません。市兵衛の旦那、こちらの店も、人を雇い入れる時には、よくよく吟味した方がよろしいですぜ」

　市兵衛と佐和に言った。

「まあ、うちの金箱にはせいぜい入っているのは一両ほどだ。盗賊もこんな貧乏宿には入るまい」

市兵衛の言葉に、数馬も欽次郎も声を出して笑った。するとそこに、治兵衛が隣の部屋からやって来た。

「お話中ですが……」

治兵衛は座って数馬に訊く。

「今の話ですが、私も人伝《ひとづて》に聞いております。お役人様、当時あの店に入っていた職人たちは、どこの誰だったのか掴んでいるのでしょうか」

「いや、知らないな……」

数馬が怪訝な顔を向けると、

「そうですか……」

治兵衛は少し考える顔をしたが、すぐに、

「実は私は少しその話を耳にしておりまして、当時あの店に入った職人は、大工は中村屋《なかむらや》の親方、畳屋は福田屋の親方、襖《ふすま》は天野屋《あまのや》、立て付けは米沢町の松《まつ》島屋《しまや》と聞いております。これは上総屋さんに直《じか》に訊けば分かることでしょうが……」

無口だった治兵衛はそう告げると、

「いや、話の途中で失礼いたしました。商人にとって押し込みの類《たぐ》いはまことに厄介な存在です。つい余計なことを申しました……」

苦笑して、隣の部屋からこちらを心配げな顔で見ていたおまつの所に引き上げて行った。

「うむ……」

考えていた数馬が、記憶を呼び戻すような顔で呟《つぶや》く。

「あのご隠居、どこかで見たことがあるような……」

「数馬様、あの方は下総《しもうさ》国の呉服商の方で治兵衛さんとおっしゃる方です」

佐和が小さな声で告げたが、数馬は合点のいかない顔で首を捻《ひね》った。

三

翌日市兵衛は、岩本町の福田屋に向かった。

おたまの話では、弁慶橋のすぐ近くだと聞いていたが、横町に入った場所に家屋と作業場が続きで建てられてあった。

作業場では五人ほどの奉公人が畳表を器用に縫い付けていた。

「親方の藤兵衛さんに会いたいのだが……」

弟子の一人に告げると、すぐに作業場の奥から初老の男が出て来た。

「あっしが藤兵衛ですが……」

怪訝な顔の藤兵衛に、市兵衛はへんろ宿の主だと告げ、客の中にこちらで修業していた長次郎を訪ねてやって来た人がいるのだが、会わせてもらえないかと尋ねた。すると、

「長次郎なんて男はあっしの弟子にはいねえな」

にべもない言葉を返して来た。

「いない……」

驚いて訊き返した市兵衛に、

「破門いたしやした。ですから弟子ではねえんで……お引き取りを」

藤兵衛はそう告げると、さっさと奥に入って行った。

とりつくしまもない有様だ。

弟子たちはというと、市兵衛を見もしない。無言で仕事を続けている。

――そうか、何があったか知らないが、長次郎については口止めされているのだな……。

この者たちに訊いても答えてはくれまい。市兵衛は弟子たちの重たい空気を察して踵《きびす》を返した。

おたまにどのような説明をすればいいのか、思案しながら神田堀まで戻って来た時だった。

背後から追いかけて来る者に気づいて振り返ると、先ほど畳屋の作業場にいた男の一人が走って来ている。

市兵衛は立ち止まって男を待った。男は息を切らして近づくと、ぺこりと頭を下げて、

「あっしは七之《しちの》助《すけ》と申しやす。今はお礼奉公中でございやして、まだ自由にどうこう出来る身分ではございやせん。今も親方に黙って出て来ましたので長話はできやせん。ですが、長次郎のことが心配で、それで旦那には手短にでも話しておきたいと思いまして……」

早口にそう告げると、

「長次郎は、あっしと同い年です。親方の弟子になったのも同じ年、年季があけるのも同じだったんですが、長次郎は年季があける直前に破門になってしまったのです」

「ふむ、いったい何が原因だったのかね」

市兵衛は通りの片隅に七之助を引っ張って行き、人の目につかない軒の下で尋ねた。

「博打《ばくち》ですよ」

七之助は言った。博打は福田屋では御《ご》法度《はっと》、悪所通いが明るみになれば即破門になるという決まりがあるのだと。

「そうか、馬鹿なことをしたものだな」

「それですが、あいつはそんな男じゃなかったんですよ。それが博打場に通うようになったのは、好いた女のために金を作ろうとしたんじゃねえかとあっしは思っているんです」

七之助は長次郎に同情しているのか、そんな事を言った。

「好いた女というのは、おたまさんの事だね」

市兵衛は念を押してみる。

そうです、と七之助は頷くと、

「長次郎は八王子の生まれらしいのです。嘘《うそ》か本当か知らないが、八王子千人同心の家の次男だと言っておりました……」

「ほう、千人同心か」

市兵衛は驚いていた。

八王子に配置されている千人同心とは、甲州武田の家臣団だった者たちで編成されている集団だが、その実態は貧しい百姓と変わりないのだと聞いている。

案の定、七之助はこう言った。

「千人同心の家では明日の米もことかくありさま、武士とは名ばかりの暮らしに嫌気がさして畳屋に奉公したのだと言っておりやした」

その長次郎がおたまの事を嬉しそうに打ち明けてくれたのだと七之助は言う。

「長次郎はあっしに、所帯を持つんだ、おっかさんも引き取るつもりだ。だから金がいる、そんな話をしていたんです。去年の暮れのことでした。それからまもなくのことでした。額に大きなほくろのある男が長次郎を訪ねて来るようになったんです」

「額にほくろのある男だと……」

市兵衛はぎょっとした。

なにしろ昨夜、同心坂本数馬から、盗賊の一味に、額に大きなほくろがある男がいるのだと聞いたばかりだ。

「旦那はその男をご存じですか」

怪訝な顔で七之助が訊いてきた。

「いや、知らぬ」

「あの男がやって来るようになって、長次郎は変わったんですよ」

「そうか……で、ひとつ聞きたいのだが、福田屋は深川の上総屋の畳を入れ替えたことがあるだろう？」

念のために聞いてみると、

「あります」

七之助は、きっぱりと言った。

「すると、その時は長次郎もいたのだな」

「はい、あっしと長次郎が弟弟子を差配してやった仕事です」

「そうか……」

「それが何か？」

「いや、何でもない。で、長次郎は今どこに住んでいるのかね」

「知りません。旦那、うちの親方は先ほどは冷たい口調で、破門した、などと申しやしたが、親方だって心配しているんです。あんなに頑張っていた長次郎が、あっという間に崩れていってしまった事を口惜《くや》しく思っているんです。旦那が何か事情があって長次郎を探して下さっているのなら、あっしもおねげえしたいです。探し出して頂きたいです。元の暮らしが出来るようにしてやりたいのです」

七之助の目は真剣だった。

市兵衛は頷いた。するとまた七之助が言った。

「お見受けしたところ、旦那は悪い人じゃねえ。長次郎を案じて訪ねて来て下さったんだ。どうか長次郎を見つける事が出来たその時には、長次郎に言ってやって下さい。親方も、仲間も、皆案じているのだと……」

佐和は両国稲荷の境内にいた。

おたまが言っていた通り、蟬時雨がまるで襲いかかってくるほどに聞こえる。

顔を上げて廻りの木々を眺めるが、どの木にとりついて蟬は鳴いているのやら、その見当もつかぬほど四方八方で声をはりあげている。

――この蟬の声の中で、おたまは長次郎に別れを告げ、いままた再会を信じて、ここにじっと座っていたのだ。

佐和は辺りを見渡した。境内の入り口に屋台の甘酒売りが見えるだけで人の気配はなかった。

久しぶりにお稲荷に手を合わせ、佐和はおたまが言っていた腰掛け石の前に立ってみた。

石は丁度酒樽《さかだる》ぐらいのもので、長い間参拝客が座って休憩したりするためか、まるで石工が削ったように腰を据える所が平たくなっている。

――おたまさんは、ここに一日中座って……。

おたまの純粋さが切なかった。

なんとか二人が再会できる方法はないものかと、佐和は稲荷にやって来たものの、手がかりなどある筈がない。

——そうだ、船宿に行けば何か分かるかもしれない。

境内を出ようとした佐和は、甘酒売りの爺さんに呼び止められた。

「もし、おかみさんはおたまさんという人と関わりのあるお方ではありやせんか？」

佐和は驚いて爺さんを見た。

「なぜ、おたまさんの名を……確かに私はおたまさんと関わりのある者です」

「やはりそうでしたか……少し様子が他の人とは違ったものですから、お尋ねしたのですが」

爺さんは屋台から出て来ると、

「あっしは一昨日からここに屋台を出している者でございやすが、昨日の午前と午後に一度、若い男がやってきやしてね……」

爺さんは佐和に話し始めた。

人待ち顔のその男は、長い間境内の石に座って誰かを待っていたが、昨日の午後、帰り際に、

「爺さん、つかぬことを聞くが、ここに若い娘がやって来たのを見ていないか」

爺さんにそんな事を訊いてきたのだ。

「あっしはまだここに店を出して二日目なんだ。それに、いったいどんな娘さんなのか……」

「すまんすまん、丸顔のぽっちゃりした娘なんだ。いや、歳《とし》はとってますがね。田舎から出て来ている筈なんだ。ここで会う約束をしていたんだ」

若い男はそう言った。

爺《じい》さんはため息をついた。そんな説明では、境内にやって来た娘が男の言っている人なのかどうか判別はつかない。

「さあて、この稲荷に立ち寄る者は今は暑くて少ねえが、それでも結構な人数だ。おまえさんの言っている娘かどうかを知るのは難しいぜ」

爺さんは言った。すると若い男は、

「娘の名はおたまというんだ。実はあっしにのっぴきならねえ用事が出来てしまいやして、もうここには来られねえんで」

気落ちした顔で言う。

「おたまさんか……」

爺さんは考えていたが、

「おたまさんと分かったら、なんと伝えればいいんだね」

つい気の毒になって若い男に訊いた。

「すまねえ、あっしは長次郎という者だ。おたまという娘がやってきたら、他の男と一緒になって幸せを摑んでくれ、そう言っていたと伝えてほしいんだ」

長次郎は泣きそうな顔でそう言ったというのだった。

爺さんはひととおり話を終えると、

「なんだか深い訳があるように見受けやした。あっしも引き受けた以上、伝えることができたらと、この境内にやって来る人たちを注意深く見ていたんでございやす。おかみさん、おたまさんという人にあっしの話を伝えてやっちゃあくれませんか」

爺さんは人の良さそうな目で佐和を見る。

「分かりました、伝えます」

佐和は両国稲荷の境内を出た。

だが、おたまにどうやって伝えようかと立ち止まった。

爺さんの話から考えられるのは、長次郎もおたまを好いているという事だ。

そうでなければ、わざわざ両国稲荷には来ないだろう。

ただ気持ちはあるが、長次郎にはおたまに会えない何か重大な事情が出来たようだ。

――そのままおたまに伝えてよいものかどうか……。

甲州からわざわざ出て来て、約束した人とは再会が叶《かな》わず、しかもその男の伝言が、他の男と所帯を持って幸せになってくれなどと、そんなことを聞いたなら、おたまでなくても悲嘆にくれるに違いない。

――もう少し事情が分かれば……。

佐和は、おたまが奉公していたという柳橋の船宿『三《み》益屋《ますや》』に向かった。

四

「何、おたまさんが奉公していた船宿も訪ねてみたのか」

帰宅した市兵衛は、団扇《うちわ》で風を胸の中に入れながら縁側に座った。すぐにたばこ盆を引き寄せて一服つけるが、やはり案じられるのはただひとつ、おたまと長次郎のことだった。

「三益屋の女将さんの話では、おたまさんはこの江戸に着いたその日に三益屋に挨拶《あいさつ》に行ったようです。奉公して世話になった事を忘れずに、きちんと挨拶に来るなんてと、女将さんは感心していました。ただ、女将さんは長次郎さんのことは知らなかったようです。昨日長次郎と名乗る若い衆がやって来て、おたまさんが逗留《とうりゅう》していないかなどと訊いたらしく驚いていました」

「ふむ、すると、長次郎は三益屋にも行っていたのか」

市兵衛は灰をたばこ盆にうち捨てた。

「ええ、三益屋でおたまさんが江戸に来ている事を、はっきりと知ったんですよ。それで両国稲荷に走ったようなんだけど、おたまさんの姿はなかった。このまま放ってはおけないと長次郎さんはおたまさんへの伝言を甘酒売りのお爺さんに頼んだんです」

「佐和、長次郎は何か人には言えない事情を抱えているようだな。私が福田屋で聞いた話からも、難しい事情があるのは分かっている」

　市兵衛はため息をついた。

　半年前に上総屋に押し込みが入ったが、その事で頭を悩ませているのだった。上総屋に出入りしていた職人集団の中に、畳屋の福田屋の名があり、長次郎も職人の一人として入っていた。そしてそののち、長次郎は悪所通いがバレて破門になっている。

　市兵衛はそこまで考えて、ふっと治兵衛が上総屋の押し込み事件に強い関心を示した事が気になった。

「佐和、話は変わるが、治兵衛さん夫婦のことだ。間違いなく下総の呉服商だろうか」

　市兵衛は治兵衛への不審を佐和に投げかけてみた。

「旦那様、お客さまのそのような詮索《せんさく》はしないとおっしゃっていたではありませんか。ここはへんろ宿、お客様を信じて、ただただ心と体を休めていただく、そういう事ではなかったのですか」

　佐和は笑った。

「分かっている。詮索するつもりはないのだが、あの治兵衛という人に、何か、そうだな、言い当てにくいが、本当に下総の人間なのだろうかと……」

「あら、疑っているのですか？　おまつさんは私に下総の話をいろいろして下さったんですよ。住んでいなければ知り得ないような話を……おまつさんは深川のなんていったか、町医者の娘さんだったようです。もう今はご両親は亡《な》くなっているのですが、縁あって下総に嫁に行ったんだと」

「ふむ」

　市兵衛はまだ納得できなくて首を傾《かし》げる。

「下総の人間が、半年前に深川で起きた押し込み盗賊のことを、やけに詳しく知っているというのもな」

「旦那様、今時はこの御府内で起きた出来事など、すぐに他国に知られるようになっているのです。ご存じでしょう……御成道で筵《むしろ》を敷いて、毎日世の中の出来事を日記に記しているお爺さんがいる事を……あのお爺さんは、ああして集めたお記録を売って活計《たつき》を立てていると聞いています。一月もあれば江戸で起こった出来事など、下総には間違いなく届いています」

そういう佐和も、市兵衛とは少し違う見方で、二人の仲の良さに不審を感じているのは間違いなかった。

二人は確かに仲むつまじい。だが、何十年も一緒に暮らしてきた馴《な》れというか、遠慮のなさというものが無い。

「さて……」

佐和は立ち上がった。そろそろ膳を整える時間だった。するとおとらがやって来て言った。

「旦那様、お客さんです。七之助さんという人です」

「何、七之助さんだと？」

市兵衛は急いで玄関に向かった。

「これはどうも、弟子から少し気になることを聞いたものですからお知らせしようと思いやして」

七之助は市兵衛の顔を見るや、まずそう告げた。

「何か分かったのか？」

「へい、破門になった後で長次郎が借りた長屋が分かりやして」

思いがけない知らせを七之助は持って来てくれたようだ。

「何処《どこ》だね、その長屋は？」

市兵衛が訊く。

「豊島町です。細川《ほそかわ》様のお屋敷のすぐ近くです。弟弟子が一度そこに遊びに来るように長次郎に誘われたようなんですが断ったと言っていました。ですから今もそこに住んでいるかどうかは分かりませんが」

「いや、有り難い知らせだ」

「あっしが出向いて確かめたいところなんですが、明日は朝早くから小石川のお武家の畳替えに出向きますので」

七之助は申し訳なさそうに言う。

「何、私が確かめてみる。ありがとう」

翌日市兵衛は、七之助から聞いた豊島町の長屋に向かった。

下駄屋の横手にある木戸を入ると、その長屋はあった。

日当たりの悪い長屋で、建ててからかなりの年数が経っているのか、壁の傷《いた》みが目に付いた。

「この長屋に長次郎って若い衆が住んでいると聞いたんだが……」

市兵衛は額に汗をのせて洗濯をしている中年の女房に訊《き》いた。

「一月前まではいたんだけどね」

女房はそう言って、近くの家の戸を顎《あご》で指した。

「すると、もうここには住んでいないのですかな」

「いえ、そうじゃなくて、どこかの博打場じゃないでしょうか。時々帰ってきていたんだけどね。でもこの一月は見ていないね。一度覗《のぞ》いてごらんよ。ひょっとして帰ってきているかもしれないよ」

女房は言った。

市兵衛は家の前に立って声を掛けた。だがやはり返答はない。家の中からはこおろぎの鳴き声が聞こえるばかりだ。

「ここらあたりはこおろぎが多くてさ、霜が降りるまで鳴いてるんだよ」

背後から先ほどの女房が言う。

市兵衛は苦笑を女房に返してから、腰高障子の戸を開けた。すると、ぴたりとこおろぎの鳴き声が途絶えた。

土間に立つと、ぷんとかびの臭《にお》いがしている。見渡すと竈《かまど》の火を何時《いつ》焚《た》いたのか、冷たくなったねずみ色の灰が竈の中に見えている。

茶碗や鍋《なべ》もあるにはあるが、何時使ったのか蜘蛛《くも》の巣が架かっている。むろん家の中もがらんとしていて、布団《ふとん》が部屋の隅に寄せてあるだけだ。

「おっ」

市兵衛は思わず飛び退いた。足下を鼠《ねずみ》が走り抜けたのだ。

侘《わび》しい住まいだった。これじゃあ所帯など持てる筈がないと市兵衛は思った。

「ここにやって来た時には、言い交わした人がいるんだと言ってさ、明るい顔していたのに、そのうちにだんだん暗い顔になって、妙な男も出入りするようになったんだよ」

洗濯していると思っていた女房が、いつの間にやら家の中に入って来て話してくれた。

「長次郎さんは、仕事は何をしていたんだね」

「仕事……あの人は畳職人だよ。腕のある親方の元で修業を終えて独り立ちしたんだって言ってたけどね」

「すると、出職《でしょく》の畳屋として働いていたんだね」

「最初はね」

女房は苦笑すると、

「でも仕事より、こっちが面白くなったようだね」

壺《つぼ》を振る真似《まね》をする。

「先ほど妙な男がやって来たと言っていたが、どんな男か覚えていますか」

「どんな男かって……遊び人風の、そうそう、額にほくろがあったわね」

女房は思い出して言った。

――またしても額にほくろのある男が……。

と市兵衛は思った。

――まさか長次郎は、押し込み盗賊に仲間入りしたんじゃあるまいな。

市兵衛の胸が騒ぐ。

「おさださん、どうしたんだい？」

その時だった、もう一人長屋の女房が怪訝《けげん》な顔で入って来た。体格の良い女で、肩にはもっこを担《かつ》いでいる。

「いやね、この方が長次郎さんを訪ねてやってきなさったんだけどね。肝心の長次郎さんはいないだろ、だからちょいと家の中をみるために入ってもらったんだけど、やっぱりこの有様じゃあ帰って来た様子はないね」

やれやれというように、洗濯をしていたおさだという女房はため息をついた。

「あら、おさださんは知らなかったのかい。長次郎さんだったら、あたし昨日会ったんだよ」

もっこの女房が言う。

「どこで会いましたか？」

尋ねた市兵衛に、

「小《こ》伝馬《でんま》上町の神田堀の土手さね。あたしは今、あそこの土手の普請にかり出されているんだよ」

もっこの女房は市兵衛を見て、それからおさだを見た。

「で、長次郎さんは、そんな所で何してたんだい？」

おさだは、もっこの女房に訊いた。

「知らないよ、そんなことは……でもあの様子は尋常じゃなかったね。怯《おび》えた顔してさ、あたしが声掛けたのに知らんぷりして、なんだよって思ってさ、それで長次郎さんの後ろ姿を見ていたってわけ。そしたらなんと、土手の下に誰も住んでいない小屋のような家があるんだけど、そこに入って行ったんだよ。あの人もさあ、なにやってんだか、ここに来た時には、来年は所帯を持つんだなんてにこにこして言っていたのに、こうも人はかわるものかと驚いて見ていたんだよ」

もっこの女房の話は尽きそうにもない。

市兵衛は礼を述べて踵を返した。

五

もっこの女房が教えてくれた家は、神田堀の南土手下にあった。

通りかかった隠居に聞いてみると、以前は神田堀補修工事に従事していた人足たちの小屋だったと言う。

市兵衛は隠居が去るのを待って、用心深く近づいた。

表の戸に手を掛けようとして、

「！……」

市兵衛は殺気を感じた。

息を整えると、力をこめて一気に戸を開けた。

「ええい！」

同時に鍬《くわ》が市兵衛の頭上に落ちて来た。

だが市兵衛は、身体《からだ》を引いてこれを躱《かわ》すと、打ち下ろした鍬を持つ手をがっしと摑んだ。

「うっ」

うなり声がして、同時に鍬を持った手が開き、鍬は地面に転がった。

「長次郎だな」

市兵衛は男の腕をねじ上げて訊いた。

「ちくしょう、殺したければ殺すがいいや！」

男はやけっぱちに叫ぶと、観念したように力を抜いた。

「私はお前さんを殺しに来たのではない。いったい誰だと思ったのだ」

市兵衛は手を放して、長次郎と向き合う。

「イタチの、助五郎親分の手の者じゃねえのか？」

長次郎は市兵衛を見て言った。

「何……そうか、長次郎、お前は盗人のイタチの助五郎と関わりがあったんだな。ところが今は助五郎一味に追われている。だからおたまさんとの約束の場所に行く事が出来なかった……」

市兵衛は、鋭い目で長次郎を見返した。長次郎はぎょっとして、

「だ、誰だい、旦那《だんな》は……おたまちゃんを知っているのか？」

食らいつくような顔で見た。

「おたまさんは、うちの宿に泊まっている」

「えっ……」

俄《にわか》に長次郎の顔が高揚していく。

「そうだ、おたまさんはうちの宿に泊まって両国稲荷に、お前さんに会いに通っていたのだ。だが、お前さんは現れなかった。失望して甲州石和に帰る決心をしたおたまさんが気の毒で、宿の主《あるじ》として力になれないものかと、お前さんを探していたのだ」

市兵衛はこれまでの経緯を話してやった。

おたまが風邪で熱を出したことや、田舎に帰れば後妻に入る話が持ち上がっていることも、それに福田屋の親方や七之助や仲間が心配していることも、神妙な顔で聞く長次郎に伝えてやった。

「ううっ」

長次郎は腕を目に当てて泣きだした。

「長次郎、何があったんだ……どうしてここに身を隠しているのだ……話してみないか、力を貸すぞ」

市兵衛は優しく言った。もはや長次郎が根っからの悪人ではない事は分かっている。

「すみません、自分でもこんな事になるなんて思いもよらなかったんだ……」

長次郎は泣く泣くそう言うと涙をぐいと拭《ぬぐ》い、市兵衛の顔を改めて見て、

「話します、聞いて下さい」

居住まいを正し、両手を膝の上にきちんと置くと、

「一年前、あっしはおたまちゃんと二世を誓いました。おたまちゃんのおっかさんも、一年も経《た》てば少しは良くなるんじゃねえかと、そしたら一緒になろうと思ったんです。あっしはおたまちゃんのおっかさんと暮らすのも楽しみにしておりやした……」

長次郎はそこまで一気に話すと、今度は息を整え、落ち着いて話を継いだ。

おたまと約束し意気込んでみたものの、長年奉公してきた身では蓄えがひとつも無かった。年季はあけても金が無ければ所帯は持てない。

三人一緒に暮らすとなればなおさら、間取りの広い長屋も探さなければならない。家財道具だっていちから揃《そろ》えなければならないのだ。

せめて一両でも実家に頼ることが出来たならと思うものの、その実家は水飲み百姓のような暮らしだ。しかも自分は勘当同然に家を出てきているから、金の無心などできる筈《はず》がない。

金がほしい、金さえあればと考えていた長次郎は、ある日仕事の帰り道で、額にほくろのある男から話しかけられた。

その男はこう言ったのだ。

「ずいぶんしけた顔してるじゃねえか。おめえさんは確か、半年前に深川の上総屋に畳職人として入っていたろ？」

長次郎はびっくりした。なぜそんな事を知っているのかと思ったが、深くは考えないで頷《うなず》いた。すると男は、

「おめえさんなら、楽して金を手に入れることが出来るぜ、俺の話を聞いてみねえか」

長次郎を誘って来たのだ。

まさかそんなうまい話があるものかと苦笑を返した長次郎に、男は深川の上総屋の間取りを教えてくれれば五両は渡す、そう言ったのだ。

長次郎は即答は避けた。流石《さすが》に怪しい話ではないかと思ったのだ。だが男は、返事を訊きに福田屋までやって来るようになった。とうとう長次郎は、

「分かった、教えるからもう福田屋には来ないでくれ」

金が欲しいのと男と縁を切りたいばっかりに、上総屋の間取りを教えてやったのだ。

ところがその年の暮れ、長次郎は上総屋が押し込み盗賊に襲われたことを知って肝をつぶした。

そればかりか、再び目の前に額にほくろのある男が現れるようになったのだ。男は長次郎を博打に誘った。その誘いに負けて長次郎は悪所に足を踏み入れる。

ずるずると悪の道に入っていく長次郎の異変に親方は気がついた。長次郎は二度ほど親方の部屋に呼ばれて説教されたが、三度目に呼ばれた時には、

「破門だ。目を掛けてやったのに恩を仇《あだ》で返しやがって、二度とここに足を踏み入れるんじゃねえ」

険しい顔で絶縁を申し渡されたのだった。

それでもまだ長次郎は、おたまと所帯を持つ希望は捨ててはいなかった。長屋を借りて、出職で出直そうと思ったのだ。

「ところが……」

長次郎は、そこまで話すと息をついた。

無念の表情が顔を覆《おお》っている。

市兵衛は黙って見守った。

「すまねえ……」

長次郎は断ってから話を継いだ。

「奴《やつ》が今度は長屋まで押しかけて来るようになったんです。そして、畳の張り替えをした大店《おおだな》はまだあるだろう。その間取りを教えろと……」

「そうか、それで長屋を出て、ここに身を隠していたのか」

市兵衛の言葉に長次郎は頷いた。そして、

「あんな奴らとは縁を切ってやりなおしたい、そう思っていたんですが、あいつらは何処までも追っかけて来る。にっちもさっちもいかねえと気づきやして、おたまちゃんとはもう一緒にはなれないと気がついたんです」

泣きそうな顔でうなだれる。

市兵衛は話を聞き終わると、強い口調で言った。

「長次郎、お前の気持ち次第でこれ以上深みにはまることは無い。町方もイタチの助五郎を探しているのだ。知っていることを話してみないか」

六

市兵衛と佐和がおたまを連れて小伝馬町の番屋に向かったのは、三日後のことだった。

昨夜向島のとある仕舞屋《しもたや》に、北町奉行の与力篠田権十郎《しのだごんじゅうろう》の指揮のもと、同心坂本数馬、岡っ引きの欽次郎、それに捕り方二十名ほどが踏み込んだ。

長次郎の告発を受けてのイタチの助五郎一味の捕縛だった。

仕舞屋では助五郎と額にほくろのある熊三《くまぞう》、そしてもう一人源吉《げんきち》という遊び人が飲んで騒いでいたようだ。

助五郎たちは匕首《あいくち》を振り回して抵抗したらしいが、なにしろ町奉行所の者は多勢だ。

助五郎たちをなんなく捕縛して、今は吾妻橋《あずまばし》近くの材木町の番屋に繋《つな》がれている。時を待たずに小伝馬町に送られて、重い刑に処されるのは間違いない。

一方の長次郎は、押し込み盗賊を告発した事で、刑罰は重くて追放、軽ければお構いなしになるだろうと、これは坂本数馬の弁であった。むろんそうなるには、坂本数馬や上役で捕り物を指揮した篠田権十郎の口添えがあればこその話だが、市兵衛が受けた感触では、まず間違いはなかろうと思えた。

今日はそれに先立ち、元気になったおたまと長次郎の再会を果たしてやろうというのが市兵衛と佐和の思いである。

番屋では数馬も待ってくれていて、おたまはすぐに長次郎と面会出来た。

「長次郎さん……」

駆け寄ったおたまの手を取る長次郎も、感無量で言葉が出ない。二人は手を握り合って涙を流していたが、

「すまねえ、こんな事になってしまって……」

長次郎が謝ると、おたまは首を横に振って、

「私たちのことを考えての事だったと聞きました。私、どんなお裁きになろうとも待っています」

おたまがそう告げると、

「ありがたい。あっしだって、おたまちゃんと一緒になりてえ。だけども今は自分の幸せを考える前に、まずは深川の上総屋さんに謝りにいかなくちゃあならねえって考えているんだ」

「長次郎、お前は自分が教えた間取りで押し込みをされるなんて事は知らなかったんだ。それに脅されていた。その為《ため》に長年の修業もふいにしたのだ。お前に、イタチの助五郎たちと同じ罪は問われまいよ」

数馬が言った。

「親方の顔もつぶしました」

長次郎は言う。

「ひとつ聞いておきたいが、お前は上総屋の間取りを教えた時、五両の金を渡すと約束されていたらしいが、その金は貰《もら》ったのか?」

数馬が訊く。

「いえ、そういう約束だったのですが、あのほくろの男熊三は自分の懐《ふところ》に五両を入れて、その代わりに賭場《とば》に誘ったんです。賭場の掛け金は出してやるから稼ぐがいいって……でも博打で儲《もう》かる筈が無い。一両貰って賭《か》けてみたが、あっという間に取られてしまいました。なにもかも、なにもかも、あっしが馬鹿《ばか》だったんでございます」

「そういう事情なら、重い罪にはならぬと思うぞ。お構いなしかもしれんし、まあ重い刑でも、江戸所払いかな」

　数馬が慰めるが、

「江戸所払いですか……」

　長次郎の心配は尽きぬようだ。

　するとすぐにおたまが言った。

「長次郎さん、もしそうなったら甲州石和で暮らせばいい。山ばかりで、この御府内のような賑《にぎ》やかさはありません。でも畳屋は重宝されます。私も手伝います」

　おたまは言い、はっと気づいて、

「そうなったら、長次郎さん。甲州に行く途中、千人同心のご両親に会って安心させてあげて下さい。ずっと音沙汰《おとさた》のない長次郎さんを案じている筈です」

だが長次郎は、寂しげな顔で言った。

「おたまちゃん、俺は、あの土地にいるのが嫌で家を出て来たんだ。坂本の旦那の前でこんな話をしてはいけないのだろうが、あそこの同心などというものは名ばかりだ。百姓をするしか仕事がないんだ。日光東照宮を警備する日光勤番になれれば御の字、ほとんどの者が苗字《みょうじ》も公《おおやけ》には名乗れず、刀を帯びるのも仕事がある時だけ許される。普段は刀を帯びてはいけない事になっているんだ。それを武士といえるのか……普通の百姓だって参勤交代の時には臨時に雇われて刀を差す時代だ。俺は、あんな所にしがみついている父親を許せなかったんだ」

長次郎の顔が憤《いきどお》りで染まっていく。

「長次郎、もうその怒りは捨てるのだな。それを捨てなければ幸せにはなれぬぞ。世の中、理不尽なことばかりだ。自分の希望通りには生きられぬ。なにもかも、やり直すのだな」

市兵衛が言う。

そして数馬が、市兵衛がなぜ宿をやるようになったのか話してやると、長次郎は驚いた顔で市兵衛を見た。

市兵衛は頷いて、

「お前さんならやりなおせる」

長次郎の目を見詰めた。

「市兵衛の旦那……」

長次郎は、両手をついて頭を下げた。

長次郎のお裁きが江戸所払いとなり、おたまと一緒に甲州石和に向かうのを市兵衛と佐和が見送った翌日、治兵衛とおまつが宿を去ることになったと挨拶をした。

「お世話になりました。良い思い出になりました」

おまつがそう言えば、治兵衛も、

「これで残りの老後を、悔いなく過ごせます」

満足そうな顔で言った。

「いいえ、仲のよいお二人を拝見して、こちらも心が温まりました」

佐和は、市兵衛と顔を見合わせて微笑《ほほえ》んだ。

「いや、実は……」

治兵衛が改まった顔を向けると、

「お二人には本当のことをお話しいたします。そうでないと寝覚めが悪い」

ふっと苦笑いをして、

「私たちは本当の夫婦ではございません」

そう言ったのだ。

「えっ……」

佐和は思わず声を出した。

「市兵衛さん、佐和さん、実は私は、深川の油問屋上総屋の隠居で惣兵衛《そうべえ》という者です」

治兵衛は驚くべき話を始めたのだった。

「やはりそうでしたか……」

佐和は言った。数馬がどこかで見た覚えがあると言っていたのは、治兵衛の店が押し込みに遭っていたからだ。

「嘘《うそ》をついて申し訳ございません」

惣兵衛はまず謝ってから、これまでの事情を話した。

おまつは深川で開業する医者の娘だった。若い時に二人は二世を誓っていたのだが、おまつは父親の命令で、下総の医者に嫁がされて江戸を離れ、一方の惣兵衛も同業者の娘を妻にしなければならなくなった。

お互い別々の道を、それも遠く離れて暮らすことになったのだ。

二人は、もう二度と会うこともないだろうと考えていた。

ところが、別れ別れになって三十八年、おまつは亭主を、惣兵衛は妻を亡くして独り身となり、このたびおまつが深川で医者をやっている弟の倅《せがれ》の結婚を祝う席に呼ばれたのを機会に、一度だけ一緒に過ごそう、そう決めたのだと言う。

「大きな宿には私の顔は知られている。そんな宿に泊まることは出来ません。それでこちらに厄介になったのですが、お陰様で良い時間を過ごすことが出来ました」

惣兵衛は、恥ずかしそうに顔を染めた。

「お役にたてて良かったと思います」

佐和は言った。するとおまつが、

「佐和さん、佐和さんが弾いて下さった一弦琴、私は死ぬまで忘れないと思います。お互いに結婚した相手に尽くし、見送って、そして思いがけず昔の人と再会できました。本当に幸せな時間を過ごしました。ですから私、おたまさんの話を聞いた時、本当に気の毒に思いまして、一緒になれるよう祈っておりました。上総屋の押し込みの話にはひやりと致しましたが、お二人が一緒になる事が出来て、惣兵衛さんも私もほっとしています。ほんとに不思議、このお宿は泊まり客を幸せに導いてくれる宿ですもの」

しみじみと言って微笑む。

「ではお別れに一曲を……」

佐和は二人を前に置き、一弦琴を弾き始めた。

千歳《ちとせ》ふる
松の寿《ことぶき》

緑なる
苔《こけ》は蒸すとも
色変えぬ
操《みさお》すぐなる
若竹や
雪の重みはまだ知らず

その時である。

庭に蟬《せみ》が飛んできたようだ。みんみん蟬だった。すぐに一弦琴に合わせるようにみんみん蟬が鳴き始めた。

——おたまと長次郎は、今頃きっと蟬の声に押されながら甲州石和に向かっているに違いない。

日盛りに弾く一弦琴の音と庭の蟬の時雨《しぐれ》を聞きながら、佐和は若い二人の幸せを祈った。

通り雨

一

「あら、見事な桜……」

おとらは、身支度をしている宗二郎《そうじろう》という名の客の、足元にある半紙大の紙を取り上げると感嘆の声を上げた。

おとらの手にしたその紙には、画面一面にこぼれるほど花をつけた一本の桜の木が描かれている。

根元から伸びた幹がアメをひねったように曲がりくねっているのが印象的で、その幹に覆《おお》い被《かぶ》さるように満開の桜の枝が、しだれかかっている。

特別絵に目が肥えているおとらではないが、その絵が訴えかけてくる異様なまでの美しさには胸をつかれた。

佐和《さわ》から聞いた話では、宗二郎は紙の商人。仕入れに行った先の土地で気に入った桜の木を見つけると、紙に描いているのだそうだ。

絵の腕は玄人《くろうと》はだしだと佐和は言っていたが、

「これ、どちらの桜なんですか？」

おとらは、宗二郎の顔を見上げて訊《き》いた。

「おとらさん、手ぬぐい」

宗二郎はそれには答えず手を出して催促した。

「あっ、ごめんなさい」

おとらは、持参して自分の膝《ひざ》の上に置いてあった手ぬぐいを、宗二郎に手渡した。宿の手ぬぐいを欲しいと言われて、それを届けに部屋に入って来たのであった。

だがおとらは、手ぬぐいより、ふと手に取った桜の絵に気をとられていた。

そんなおとらに宗二郎は、ふっと笑うと、

「ほんの手慰みです。お見せするようなものではないのです」

すいっとおとらの手から桜の絵を取り上げた。そして素早く懐《ふところ》に押し込むと、

「出かけて来ます。帰りは夕刻になります」

おとらに告げて、部屋を出て行った。

「どこの桜か教えてくれてもいいのにさ……」

おとらは独りごちた。

まったく融通のきかぬ男だと思うものの、おとらは宗二郎を悪くは思っていない。

なにしろ男盛りの三十過ぎの年頃で、男ぶりが良ければ人生を謳歌《おうか》していてもおかしくないのに、宗二郎はお世辞にも女の歓心を得るような容姿では無い。

背丈はまあ人並みだが、体つきはずんぐりむっくりしていて、お負けに顔の造作はというと、眉《まゆ》が太く、まるで毛虫をくっつけているように見える。しかも奥目で唇が厚い。醜男《ぶおとこ》の条件は揃《そろ》っているのだ。

ただ、紙の紹介人だか仲買人だかいうだけあって、余計な口は利《き》かないが、話せば話題は豊富で、笑うと人の良さが窺《うかが》える。

——あれは善人面《づら》だ、悪い人じゃない……。

おとらの目にはそう映っているのだ。

へんろ宿には三日前から泊まっているわけだが、朝食を終えると出かけて行く。

何処《どこ》に行っているのか聞いたこともないが、見世物小屋や吉原などに行っているのではないようだ。物見遊山《ものみゆさん》でもなく、誰か人を訪ねているのでもないように見受けられる。

とはいえ宿を出る時には、目的は定めているようで、今日はどこに行こうかなどという迷いも見えない。

――桜も終わって葉桜になっているし……。

桜の花の絵を描きに出かけているのではなさそうだ。

おとらはそこまで考えて、宗二郎の詮索《せんさく》は止《や》めた。部屋の隅に畳んである布団《ふとん》に手を掛けた。もう少し壁際《かべぎわ》に退《ど》けて掃除にとりかかろうと思ったのだ。だが、

「イタタ……」

思わず声を上げた。

こうして腰を折ると、近頃びりっと痛みが走る。

だが、えいっと腰を伸ばして、もう一度布団に手を掛けたその時、「ごめん下さい」

階下で声がした。

おとらは急いで階下に下りた。

「おや、お仲《なか》さんじゃないか」

おとらは、玄関口で籠《かご》を背負ったお仲を笑顔で迎えると、

「丁度良かった。なにもかも切れてしまってね、買い出しにいかなきゃって考えていたところですよ。ささ、どうぞ」

お仲を台所の方に誘《いざな》った。そして、

「おかみさん、おかみさん、お仲さんですよ！」

おとらは家の奥に声を掛けた。するとすぐに、

「あら、いらっしゃい」

京紫の小紋に焦《こ》げ茶の帯を締め、藍色《あいいろ》の前垂れに襷掛《たすきが》けの佐和が奥から出て来た。手には雑巾《ぞうきん》を握っている。

「お掃除のところをすみません。おかみさん、今日は鮎《あゆ》も手に入りましてね。近所の鮎釣り名人に分けて貰《もら》ったんです」

お仲は、台所の板の間に降ろした籠から、ひのきの葉でくるんだ鮎五匹を取

り出して見せた。

「まあ、大きい鮎だこと」

佐和は感嘆の声を上げる。

「今朝とれたばかりですからね」

お仲は自慢の顔で、おとらが持って来た大皿の上に並べる。

更にお仲は、卵、めざしの干物《ひもの》、豆腐と次々出してくる。

おとらはそれに合わせて、どんぶりを出し、小ざるを出し、大きな竹のざるも持ち出して来て置く。

「おとらさん、お茶もお願いしますね。そうそう、大福もあったでしょ。みんなでいただきましょう」

佐和は言いながら、背負い籠からお仲が取り出す野菜や漬け物などを受け取って、それぞれの入れ物に移していく。

お仲が持参した食材は、皿やどんぶりや竹ざるを一杯にして、佐和は大いに満足げだ。

「お仲さんにいただく野菜は新鮮だし、卵もそう、本当に助かります」

嬉《うれ》しそうに礼を述べ、おとらが入れてきたお茶を、お仲に勧めた。

「いただきます」

お仲は、ほっとした顔でお茶を一口飲むと、思い出したように言った。

「それにしても、お客さんは切れることなく来ているようですし、結構なことです。実は私、旦那《だんな》さまが宿の主《あるじ》になると聞いた時、耳を疑ったんですよ。お旗本のぼっちゃまだった方に客商売が出来るのかしらと……そしたらなんと大《だい》繁盛《はんじょう》じゃないですか。おかげで私も以前のように、こうして出入りさせていただいて、ほんとに嬉しいです」

「皆さんのお陰です」

佐和も湯飲みを手に取って答える。

お仲は首を回して宿の中を見渡すと、

「佇《たたず》まいがいいですよね、この宿は……お客さんの数も少ないですから、静かにゆったり、人の目を気にすることなく過ごせますもの」

感心しきりの顔である。するとおとらが、

「儲《もう》けにはなってないですからね。二組しか泊めることができませんから。昨日までは馬喰町《ばくろちょう》にある公事宿《くじやど》の『恵比寿屋《えびすや》』さんから頼まれたお客さんが二人いたんですが、その方達も帰ってしまいましたので、今日は男の方が一人……」

そう言ってお茶に手を伸ばす。

「へえ、公事宿からのお客さんも引き受けているんですか……」

お仲は驚いた顔をした。

公事宿とは、裁判や訴訟のために出府してきた者を泊める宿のことで、公事人宿とも言い、宿の主や手代は宿泊者に代わって訴訟における様々な手続きなども請け負っている。

通常はへんろ宿などには泊まらない客だが、恵比寿屋がぼやで台所を使えなくなったと言い、急遽《きゅうきょ》へんろ宿に助けを求めてきたのである。

だがその客も、訴訟や長逗留《ながとうりゅう》の金が不足になったと言って、いったん国元に帰って行ったのだ。

訴訟や裁判などは半年や一年かかることも珍しくないから、滞在費が足りなくなると一度国に帰って改めて出直してくる者も多いようだ。

おとらは、ちらと佐和に視線を投げたのち、

「今いらっしゃるのは、上方生まれで紙の商人《あきんど》なんですけどね。これがちょっと変わった人で……」

「へえ、どんな？」

お仲はすぐに興味を示した。

「絵がうまいんです。それも桜の絵が……そうですよね、おかみさん」

おとらはにっと笑って、その続きを佐和に振る。

「ええ、確かにお上手ですね。私も数枚見せていただきましたが、驚きました」

佐和は差《さ》し障《さわ》りのない言い回しで、お仲の興味に応えた。

「ほんとですか、見てみたいですね、美しい桜の絵を描くなんて、きっと男ぶりの良い粋《いき》な人なんでしょうね」

お仲は興味津々《しんしん》だ。するとすかさずおとらが笑って言った。

「ところがですね、絵はお上手だけど顔がね。桜の絵とは結びつかない造作ですから。いえね、人は良いと思いますよ。まあ、男は顔じゃないから」

「おとらさん……」

佐和は、おとらを窘《たしな》めるような目で見て苦笑した。するとそこに市兵衛《いちべえ》が顔を出して、

「出かけてくる」

佐和に告げた。

「お邪魔しています」

半身を上げて頭を下げたお仲にも、

「お仲さん、ゆっくりしていきなさい」

優しい言葉を掛けて出かけて行った。

市兵衛は宿を出ると両国橋に向かった。

馬喰町の恵比寿屋に、ぼや見舞いをするためだ。恵比寿屋には公事客二人を紹介されて宿泊させていた。その礼も兼ねての訪問だった。

春の陽気は真っ盛りだが、桜の花は満開を過ぎていて、枝に名残を残してしがみついていた花が、風に促されて市兵衛の足元に舞い降りてくる。

「ふむ……」

市兵衛は、この地で迎えた三年目の春に季節の移ろいを実感しながら足を速めた。

両国橋東には、芝居小屋や見世物小屋が建ち、小屋の木戸番の客の呼び込みに人だかりが出来ている。

両国橋の行き来も多く、大川には花見船が行き交い、生活物資を運ぶ舟もひっきりなしに往来していて、毎年のことながらこの頃の江戸の景色はことに賑々《にぎにぎ》しい。

市兵衛は両国橋を渡りながら、宿を始めてから三年目を迎えることに、深い感慨を覚えていた。

浪人となった市兵衛が、諸国を剣術修業で旅をしていた頃、満たされた思いに浸れる日は無かった。

それが、四国の八十八カ所を回ったことで、市兵衛の心に小さな灯火のようなものが点《とも》った。

札所巡りで一夜の宿を借りた幾多の「へんろ宿」は、いずれも食事は質素だったが、宿の人たちの心はどこまでも温かく、巡礼者の心を癒《い》やしてくれたのだ。

人の心を温かくするものは、豪華なごちそうではない。素朴ながらまごころのこもった食事こそ、心に訴えてくるものは大きい。

市兵衛は札所を回り終えて満願の日を迎える頃には、

――江戸でへんろ宿をやってみようか……。

癒やし癒やされる宿を求める人は大勢いる。

市兵衛は、一大決心をしたのだった。

ただ、佐和がついて来てくれなかったら、どうなっていたか分からない。

宿は開いただろうが、今のようにつつがなく過ごしてこられたかは甚だ怪しい。

宿を始めてからおよそ三年。宿が生み出す利益は、佐和とおとらと自分との、三人の細《ささ》やかな暮らしをまかなうのが精一杯だが、日ごとに自分が考えていた宿になっていくのを実感している。

――上出来だ……。

市兵衛は独りごちて、両国を過ぎ、馬喰町二丁目に入った。

――おや、あれは泊まり客の宗二郎さんではないか……。

市兵衛の目に止まったのは、風呂鋤《ふろすき》を手にして初音の馬場に入って行く宗二郎の姿だった。

風呂鋤とは、柄は木製、刃先は風呂台と呼ばれる木で出来た台に鉄製の刃をつけた農機具のひとつで、台部分を足で踏み込み、刃先で土を掘り起こす道具である。

――何をする気だ？

市兵衛は、宗二郎の背を見送りながら首を傾《かし》げた。

初音の馬場とは、関ヶ原の戦いの折、ここで馬揃えをしたという有名な馬場だが、今は往時の景色は無く、時折侍が馬を走らせる以外は広い原になっている。

原の草丈はまだ短いが、馬場の土手には、柳の木や桜の木が植わっていて、その枝に緑が繁《しげ》るのもまもなくだ。

ざっと見たところ桜の木は数本植わっているようだが、市兵衛の立っている場所からは随分と遠い。こちらの土手ではなく、向こう側の土手にあるのだ。

宗二郎は、その桜の木を目指して歩いているようだが、しかし手にしている物は絵具ではなく鋤なのだ。

追いかけて声を掛けようと思ったが、市兵衛は止めた。

お客のあれこれを詮索しないのが、へんろ宿の信条だ。それに、恵比寿屋に向かう途中だ。

気になりながらも市兵衛は馬喰町三丁目に足を向けた。

――ほう……。

市兵衛は、三丁目大通りにある恵比寿屋の表で立ち止まって見渡した。

公事宿の恵比寿屋はあらかた修理が終わっていて、屋根職人三人が最後の点検をしているところだった。

市兵衛はおとないを入れて店の中に入った。

「これは市兵衛さん、わざわざのお運び恐縮です」

すぐに奥から主の新《しん》右《え》衛門《もん》が出て来て、

「昨日あの二人は国に帰りましたようで、お世話をおかけしました」

頭を下げた。

新右衛門は色の白い四十前後の男で一見ひ弱そうに見えるが、常々訴訟の代行や弁護などを行っているだけあって、その目はきりりと澄んでいて、相手を見透すような光を有している。

「いやいや、こちらの方こそ……」

市兵衛も礼を述べる。

「近頃は公事人が多くて、捌《さば》ききれないことがございます。その折には是非またお助けいただきたいと思います。市兵衛さんの宿なら安心です」

新右衛門は親しそうに笑みを見せると、市兵衛に腰を据えるよう上がり框《かまち》の座を勧めた。

「もうすっかり、修繕も終わったようですな」

市兵衛は、腰を下ろして言った。

「はい、お陰様で……このたびは台所から出たぼやで大事にいたらなくて助かりました。火を出して大火事になったりすればお咎《とが》めを受けて公事どころではありませんから。そうそう昨年の丁度今頃だったでしょうか。春の強風に煽《あお》られて、隣町の馬喰町二丁目では十数軒が焼け落ちました。ほんとうに火事は恐ろしい」

新右衛門は顔を顰《しか》めた。

「ほう、隣町で去年火事が……」

市兵衛は知らなかった。

なにしろこの江戸は、春先には火事が多い。

昔から江戸は風が強いところだが春は格段で、砂を巻き上げていく。野分《のわき》ほどの風が吹く。おまけに大地も乾燥しているから一年で最も火事が多い季節だ。だから御府内を警戒して見回る火付盗賊改も、春先は二人態勢となっている。

新右衛門は顔を曇らせて言う。

「焼け出された方々は気の毒でした。何もかも失ってしまう訳ですから……」

市兵衛が頷《うなず》くと、新右衛門はすぐに、

「それはそうと、市兵衛さんはお武家の出だと人伝《ひとづて》にお聞きしております。いっそ公事宿になさったらいかがですか。もちろん、公事宿も株がなければ営むことはできませんが、たまに株が売りに出されます。なにしろ普通の宿と違って、何かと知識も必要で、膨大な書類も作らなければならず、手間もかかり、そう易々《やすやす》と誰にでも出来る仕事ではございません。ですが市兵衛さんなら、そんなことはなんという事もないでしょう。株に空きが出ました時にはお知らせしますよ」

市兵衛に笑って言った。

「いやいや私などはとてもとても……私の宿はこの先も、へんろ宿として、細々とやっていくつもりです」

市兵衛も笑って返す。

そして、持参して来た見舞いの扇子や手ぬぐいを置き、恵比寿屋を後にした。

「もし」

店を出ていくらも歩かない所で、若い女に声を掛けられた。

「へんろ宿の方でございますね？」

女は尋ねた。

歳《とし》は三十前というところだろうか、着ている物を見る限り、ちゃんとした店の内儀かと察せられた。

「そうだが……」

怪訝《けげん》な顔で頷くと、

「私をしばらくお宿に泊めていただけないでしょうか。いえね、今こちらの宿に頼もうかと参ったのですが、宿に入ろうとした時に、ふとお二人の話が聞こえてきたものですから、私、へんろ宿にお願いしたいと存じまして……」

思い詰めた目で、市兵衛を見た。

二

「私、神田相生町《あいおいちょう》にあります小間物屋『福富』の女房で、りきと申します。よろしくお願いいたします」

おりきという女は、佐和に頭を下げた。

「家の事情で出て来たという話だが、実家は遠く、江戸に身よりもいないというのだ」

市兵衛が口を添える。佐和は頷いて、

「分かりました。お食事は大したものをお出しすることは出来ませんが、それでよろしければ……」

微笑《ほほえ》んでおりきに言った。

「ありがとうございます。考えもなしに飛び出して来て、泊まるところが見付からなければ、どうすればよいのかと困っていたところでした……」

思わず声が詰まる。

「おりきさん……」

案じ顔で佐和が声を掛けると、おりきの双眸《そうぼう》から涙があふれ出てきた。

市兵衛と佐和は、黙って見守る。

まもなくおりきは涙を拭《ふ》いて、

「すみません。初めておめにかかった方の前で……」

恥じらいをみせたが、涙はまだ止まらない。

「良いのですよ、そんな事は気になさらないで下さい。よっぽど辛《つら》いことがあったのですね。この宿はおりきさんのような方に、疲れた身体《からだ》と心を休めていただく宿なんですから、お気のすむまでお過ごし下さい」

佐和は言った。

「ただ、ひとつ訊いておきたいのだが、ご亭主には伝えておいた方が良いのではないかな。ここでしばらく休養するという事を……」

市兵衛は、おりきの顔を覗《のぞ》いた。

「いえ……」

おりきは首を横に振った。

「知らせなくてもよいのか……おりきさんが家を出てきたわけはおおかた察しがつくが、今頃心配して捜しているのかもしれぬぞ。なんなら私がご亭主に……」

市兵衛が皆まで言わないうちに、

「いいのです。私が家を出たからと案じて捜してくれるようなら、私、家を出ていません」

おりきの声には、なみなみならぬ決心が読み取れた。

「しかし……」

口を濁す市兵衛に、

「夫は私を縁切りしても良いと考えているのです。おっかさんのいいなりですから。私もよくよく考えて、この先をどうしたらよいのか静かに考えてみたいと思ったのです」

「ふむ……」

市兵衛は案じ顔だ。ところが佐和は、

「少しは困らせてあげなさい。これでのこのこ家に帰ったら、ほらみたことかと侮《あなど》られてしまいます。女房にだって意地があるんだというところを見せないと、男は分からないんですから」

おりきを力づける。

「おいおい佐和……」

市兵衛は驚いて佐和の顔を見た。佐和がこんなに同調して肩を持つなんて意外なことだった。

「だってこういう話は、この江戸もですが、私が長く暮らした京だって同じです。女は三界《さんがい》に家無しなんて言われて、婚家の意に従わなければ離縁だなどと、幼い頃から言いふくめられてきているんです。でも、女も、嫁もひとりの人間ですもの。怒りや悲しみや感情があるんです。そこをご亭主に分かってもらうためには荒療治が必要じゃないかと思うんです」

目を丸くして見ている市兵衛をよそに、佐和は言った。

するとそこに、

「お食事が出来ました」

おとらが部屋に入って来て告げた。

「たくさん召し上がって元気を出して下さいね」

佐和がおりきを促すと、

「宗二郎さんはまだお帰りになっていないですね」

おとらは困った顔をして尋ねる。

「そういえば……どうしたんでしょう」

佐和は怪訝な顔で市兵衛を見た。

市兵衛は、無言で佐和を見た。その胸には一抹の不安が過《よ》ぎっている。

今日の昼間、偶然目にした宗二郎が、あまりにも異様に見えたからだった。

風呂鋤を持って馬場に入って行く宗二郎の姿は、あれからずっと市兵衛の頭から離れなかったのだ。

「旦那さま、宗二郎さんは今朝出かける時に、桜の絵を懐にして出かけたんです。

ひょっとして何処かの桜の木を描きに行ったのかもしれないんですが……」

おとらは首を傾げる。

「まもなく日も暮れる。帰って来るだろう」

市兵衛は言った。

おとらがおりきを案内して食事を用意してある居間に向かうと、市兵衛は佐和に宗二郎が馬場に入って行った様子を打ち明けた。

その時だった。玄関から声がした。

「宗二郎です、すみませんが濯《すす》ぎの湯をおねげえします」

佐和は市兵衛と顔を見合わせると、急いで玄関に向かった。

「まあ、いったい、どうなさったのですか」

佐和は驚きの声を上げた。

宗二郎の足元は泥だらけだったのだ。

食事を終えたへんろ宿の座敷に燭台《しょくだい》の火が点る。

台所からはおとらが後片付けをしている音が聞こえるが、宗二郎は食事を終えて二階に上がり、おりき一人が座敷に正座して、一弦琴の前に座った佐和をじっと見詰めている。

「この曲は、十三弦のお琴で奏《かな》でる『千鳥の曲』を一弦の琴に直したものです。もともと古今和歌集と金葉和歌集に載っている歌を曲にしたもののようですが、歌われている場所は甲州の塩山といわれるところを流れる笛吹川沿いだと聞いています。川の差し出たところを磯《いそ》に例えて歌ったものです。ゆったりとした曲ですので、気持ちも安らぐのではと思います」

佐和はおりきに説明した。

おりきは頷くが、その表情は信頼しきった姉を見るようだ。

佐和は、静かに弾き始めた。

前奏は、ゆったりとした運びで、風が野を駆け原を駆け、やがてその風に蝶々《ちょうちょう》が乗って、飛んで行く先々の景色を楽しんでいるように聞こえる。

やがて佐和の涼しげな歌が曲に沿う。

塩の山

差し出の磯に
住む千鳥
君が御代《みよ》をば
八千代とぞ鳴く

弦の音も、千鳥の鳴き声を模した、ちりちりちりという音が入り臨場感が部屋に満ちる。

　おりきは心静かに耳を傾けている。昼間宿にやって来た時には、思い詰めた顔をしていたが、今は落ち着きを取り戻しているのが分かる。ただその頬には、時折寂しさが影を差す。

　一弦琴の音は、台所で音を立てないように後片付けをしている、おとらの耳にも聞こえている。

　そして、たった今、足音を抑えて二階への階段を上っている市兵衛の耳にも、また、二階の客間の行灯《あんどん》の光の前で、険しく暗い目で一点を見詰めている宗二郎の耳にも届いていた。

宗二郎は帰宅してのち、宿の者には何もしゃべらず、硬い顔で夕食にかぶりついて食事を終えると、この部屋に戻ってきて座り続けているのだった。

市兵衛は、佐和の琴の音を耳朶《じだ》にとらえながら、宗二郎の部屋の前に立った。

その右手には熱燗《あつかん》のとっくり、左手には盃《さかずき》二つが握られている。

「宗二郎さん、入ってもいいかね」

部屋の外から市兵衛は声を掛けた。

「どうぞ」

部屋の中から宗二郎の声が聞こえた。

市兵衛は戸を開けて中に入ると、

「どうだね、一杯」

宗二郎の側に座って盃を手渡した。

「すみません……」

手を伸ばした宗二郎は笑みをみせた。

だが市兵衛の目には、つい先ほどまで宗二郎がどのような顔色をしてこの部屋に座っていたのか察しがついている。

市兵衛は宗二郎の盃に酒を注ぎ、自分の盃にも注いでから、

「ずいぶん元気がなさそうじゃないか」

さらりと訊《き》いて酒を飲み干した。

「はあ……」

宗二郎は苦笑して酒を飲み干すと、大きなため息をついた。そして、

「旦那、この世の中、思い通りに生きている奴《やつ》は、どれほどいるんでしょうかね」

ぽつりと言った。

「そうだな……いないんじゃないかな。いるとしたらひとにぎりだろう。私だって右往左往してあがいた末に、やっとこの歳で静かな暮らしにたどり着いたんだ」

「……」

宗二郎の顔は暗い。

「何があったか知らないが、あなたはまだ若い。いくらでもやりなおせる」

市兵衛は、宗二郎の盃に酒を注ぐ。

「いや」

宗二郎は一気に酒を喉《のど》に流すと、

「あっしは信用していた男に裏切られましてね。どうやらあっしの運命は苦難ばかりで……」

「ふむ、すると今日は、その男に会いに行って嫌な思いをした訳ですな」

「いえ、会えなかったんです。あっしの前から姿を眩《くら》ませました。一年前まで、この江戸に出て来た時には、必ず米沢町の『熊吉』っていう縄暖簾《なわのれん》で一緒に飲んでいたんでさ。その男もあっしと同じで、田舎をまわって紙を買い集めているんです。あっしたちが買い付ける紙は、ほそぼそと日銭稼ぎで紙を漉《す》いているど田舎が勝負。藩が命運をかけて奨励している名のある紙どころなんぞは、あっしらには手が出せねえ。あっしたちは、こぼれおちた種を拾うような商いをしているんです。そういう事情もあって、江戸に出て来る時期も言い合わせていて、会えば酒を飲んで一年の憂《う》さを晴らしていた男だったんですが……」

宗二郎は、注いでくれた酒を手にとった。

「そんなに仲が良かった相手に、なぜ……」

市兵衛の問いかけに、はっとして宗二郎は口を噤《つぐ》んだ。

「いやいや、話したくなければ話さなくてもいいんです。実は今日、私は偶然馬喰町の馬場に入って行くあなたを見たんです。なんだか様子が違って見えたものですから声を掛けようと思ったのですが、急いでいたものですから……」

宗二郎の顔はさらに強《こわ》ばっていく。

「宗二郎さん、詮索しているのではありませんぞ。桜の絵を描くには旬《しゅん》は過ぎたのではと思ったまでのこと……そうですか。嫌なことがあったんですな。まあ、あまり思い詰めない方がいい。さあ、この酒を飲んでくれ、飲んで嫌なことは忘れるのだ」

市兵衛は、宗二郎の盃に酒を注いで、飲め飲めと手で勧める。

「旦那……」

宗二郎は少し言いよどんでから、

「案じて下さっているんでございやすね、あっしを……あっしは、それだけで嬉しいです」

宗二郎は、涙を飲み込むようにぐいと酒を喉に流した。心に深い屈託があるのは間違いなかった。だが市兵衛は、それ以上何かを聞き出そうとはしなかった。宗二郎も口をつぐんで酒を飲む。

俄《にわか》に階下の一弦琴の音と、佐和の歌が大きく聞こえて来る。

淡路島
通う千鳥の鳴く声に
幾夜寝覚めぬ
須磨《すま》の関守

三

翌日も宗二郎は朝食を終えると出かけて行った。

市兵衛も寄り合いがあって昼から出かけて行ったので、宿に残った女三人は、宿の裏庭に下りて草取りを始めた。

裏庭は二坪ほどの広さで、庭の向こう半分には薹《とう》の立ったネギと、花茎が頭を出している小松菜が植わっているが、手前には一寸ほどの菊の芽が無数に地中から伸びてきている。

「幾種類の菊が植わっているのですか？」

おりきは草を引く手を止めて訊いた。

「そうですね、こちらは色とりどりの小菊で、仏さまにお供えするつもりで植えたのです。そしてこちらは中菊で江戸菊、こちらは京から持って来た嵯峨《さが》菊、これは発祥の地は定かではありませんが、鮮やかな黄色の中菊です」

佐和は、ひとつひとつ菊の芽の塊を指して説明する。

「秋になると見事ですよよ」

おとらは腰を伸ばして横から口を入れた。

「これだけあれば菊枕《きくまくら》が作れそうですね」

おりきは目を輝かせる。

「作るんですよ、おかみさんは。旦那さまのために、毎年……」

おとらは言って、ちらりと佐和の顔を見て微笑む。するとおりきは、

「私にはもう、そんな暮らしは望めそうにもありません」

呟《つぶや》いて草をむしる。

佐和もおとらも、おりきの境遇を推測して言葉を詰まらせる。

まもなく、おりきは言った。

「何をするにしても姑《しゅうとめ》に見張られているような気がして、嫁に入って五年近くになりますが、夫に心から甘えたという覚えがありません。共に許しあっているという心持ちになったことはなかったように思います。それはひとつには後添《のちぞ》いだったからかもしれないけど……」

おりきはため息をついた。

「先妻の子供さんもいるんですか？」

おとらは手を止めて、おりきの顔を見る。

「女の子が一人います。八歳です。でもその子ともうまくいかなくて……姑は私に腹を立てると、その子に言うんです。この人は本当のおっかさんじゃないからねって……」

佐和は、草を引き抜きながら、おりきの話を聞いている。

「で、ご亭主は、そんな時、庇《かば》ってくれないんだね」

おとらは、仁王立ちになって尋ねる。

「ええ……夫はただ、おろおろして。諍《いさか》いの中身の是非は関係なく、私を庇えば姑はますます怒りを大きくして収拾がつかなくなると分かっているのか、とにかく、お前がおっかさんに謝ってくれ、なんていう始末。これまで何度も、もう大川に身を投げてやろうかって腹だち紛れに思ったこともありますが、田舎で一人、私の幸せを願って暮らしている母のことを思うとそれも出来なくて……」

おりきの声は震えている。

佐和は立ち上がった。腰に付けていた手ぬぐいで手をさっと拭《ふ》き取ると、

「おりきさん……」

おりきの手を取り、縁側に腰掛けさせた。そしてその手をしっかり握って、

「おっかさんのためにも、ここでしっかり心を休めて、考えて、気持ちを新たに踏み出して下さい。私もね、母一人娘一人の暮らしだったんですよ。母は十年前に亡《な》くなって今はこの世の人ではありませんが、あなたが母を思って婚家で辛抱してきた気持ち、私にはよく分かります」

おりきを慰める。

「おかみさんも、母一人娘一人で？」

おりきの表情には、佐和の過去に自分と共有した世界があると知り、一層の親しみを感じたようだ。

「ええ」

佐和は頷いて見せると、

「私の母は若い頃、お公家《くげ》さんのお屋敷でお召し物を縫っていました。でも私を身ごもったことでお屋敷を辞し、それからは呉服屋さんのお針子をしながら私を産み、一人で育ててくれました。母は死ぬまで父親のことは教えてくれませんでした。私は、父親の名も顔も知りません。自分が父無《ててな》し子だという噂《うわさ》に腹を立て、母の苦しみや悩みも解せずに厳しく母を問い詰めたこともありました。その母に、私は親孝行のひとつもできないまま死に別れました。悔やんでも悔やみきれません。でもただひとつ、今こうして平穏に暮らしていることで、母もあの世でほっとしてくれているのではないかと、そう思うようにしています。ですからおりきさん、あなたも、今は辛いことがおありでしょうが、きっと行く先には、良いことが待っていてくれる、そう信じて……」

おりきを優しい眼差《まなざ》しで見た。

おりきは感極まった様子で頷き、

「おかみさん、私も父の顔など知らずに育ちました。実家は東海道の岡崎宿で小さな小間物屋をやっていたんです」

静かに、しかし胸の内にあった思いがあふれ出てきたように語り出した。

「岡崎といえば、大権現《だいごんげん》様のお生まれになった地、さぞかし賑やかな宿場でしようね」

おとらは、縁側に用意していたお茶をおりきと佐和に勧めながら言った。

「ええ、本陣脇《わき》本陣も三軒ずつ、旅籠《はたご》も百二十軒あります。旅籠で働く女中さんや女郎衆も多くて、京くだりの化粧品など良く売れました。ところが父親が、ある女郎と駆け落ちして、母と私が残されて、そればかりか、父親が女に貢《みつ》ぐために借金をしていたらしく、店は人手に渡ってしまいました。母は、今度は雇われ人として店で働き、私を育ててくれたのです。婚家の福富とは、先代からの縁があって嫁いできたのですが、母は今老いて長屋でひっそりと暮らす身の上。後添いに入る時に、その母に日々の暮らしのお金を送ってくれるという約束で江戸に参ったのです。ですから、私が離縁されたり家出をしたりで夫と縁が切れてしまうと、母の暮らしもなりたたなくなります。それが怖くてずっと我慢していたのですが……」

おりきは言って、哀《かな》しげな目を佐和に向けた。

「そうですか……そうでしたか……」

佐和はため息をついた。

「私に出来ることがあればおっしゃって下さい、遠慮無く……」

佐和にはそれだけ言うのが精いっぱいだった。夫婦や家庭内のもめ事に関与する難しさに佐和は思案にくれていた。

おりきがへんろ宿にやって来てから五日目、日ごとに落ち着きを取り戻している。

宿の者にとってほっとするところだが、もう一人の客人、宗二郎の事は、晴れることのない暗雲のようにのしかかっていた。

宗二郎は昨夜夜通し待っていたが帰ってこなかったのだ。

「旦那《だんな》さま、宗二郎さんは部屋に荷物は置いたままです」

おとらが宗二郎の部屋を確かめて来て、市兵衛に報告したところに、見知らぬ男が訪ねて来た。

「あっしは神田豊島町《とよしまちょう》の番屋の者でございますが、この手ぬぐいと巾着《きんちゃく》に覚えはございやせんでしょうか」

男が玄関に立ったまま、応対に出た佐和の膝《ひざ》前に置いたのは、血糊《ちのり》のついたへんろ宿と染めた手ぬぐいと、紺色の布の巾着だった。

「これは！」

佐和は、手ぬぐいと巾着を取った。

「おかみさん、それ、宗二郎さんの物じゃないですか」

佐和の背後に控えていたおとらが、腰を浮かせて指して言った。

「そうですか、やっぱりこちらのお客でございやしたか」

「どういう事でしょう。何があったのですか」

佐和は驚いて訊く。

「今朝のことです。新《あたら》し橋近くの土手で殺されている男が見付かりましてね、番屋に運ばれて来たんですが、懐《ふところ》にこの手ぬぐいと巾着を持っていやして、そこで、ひょっとしてこちらの客ではないかと思いやして……」

「豊島町といえば新し橋は目の前じゃないか……」

奥から話を聞きつけた市兵衛が出て来た。

「へい、これは旦那でございやすか。さようです。道を渡れば新し橋、目の前に見えておりやす」

「そんなところで殺しとは……わかった、とにかく私が確かめよう」

市兵衛は急いで土間に下りた。

「そうですか、助かります」

小者に案内されて、市兵衛はへんろ宿を出た。

――宗二郎に何があったのだ……。

市兵衛は、宗二郎と酒を飲んだあの晩の様子が気に掛かっていた。あの時、もう少し踏み込んで話を聞いてやるべきではなかったのか。いやいや、話を聞いたところで力になれたかは分からぬ。

番屋に向かう道すがら気持ちが急《せ》いて、小者の男に宗二郎が見付かった時の

様子を訊いてみたが、小者の男は、

「私は、薦《こも》を掛けられて運ばれて来た死体をちらと見ただけですので……」

自分は事情は分からないのだと言う。

市兵衛が足を速めて豊島町一丁目の番屋に入ったのはまもなくのこと、宗二郎の遺体は、坂本数馬《さかもとかずま》が調べているところだった。

「親父《おやじ》さん、やっぱり親父さんのところのお客でしたか……」

数馬は市兵衛を迎えると、検視の手を止めて立ち上がった。

「宗二郎さん……」

市兵衛は、跪《ひざまず》いて宗二郎の顔に呼びかけた。

宗二郎の顔には乱れ髪が張り付いていた。顔色は青白く、多量の出血があったことを思い知らされた。

「背後から襲ったらしく、無数の刺し傷がありますよ。何度も念入りに刺したらしく、下手人は余程の恨みか怒りがあったものと考えられます」

数馬が説明しながら、小者に宗二郎の身体を動かさせて、背中の刺し傷を市兵衛に見せてくれる。

「これは酷《ひど》い……」

目を覆《おお》いたくなるほどの刺し傷は、着物もずたずたに切れ、背中一帯、それから帯まで血に染まっていた。

「殺されたのは暗くなってからだと思います。明るいうちは人通りも多いですからね」

数馬は宗二郎に薦を被《かぶ》せて立ち上がった。

「見た者はいないのか。新し橋は目の前だ」

市兵衛は、外の向こうに見える新し橋を目で指した。

「夜ですからね。欽次《きんじ》郎《ろう》が手分けして探索していますが……親父さん、この人は親父さんの宿の客人です。何か手がかりになるような話を聞いていませんか」

数馬は、市兵衛を上がり框に誘って座ると尋ねた。

「紙商人をしている男に裏切られたという話は聞いたが、詳しくはわからない」

市兵衛は、宗二郎と酒を飲んだ時に聞いた話を数馬に伝えた。

「そうですか……すると、この宗二郎を殺《や》ったのは、親父さんとの話に出て来た裏切者かもしれませんな」

「ともかく亡骸《なきがら》は私が引き取る。へんろ宿に運んでくれないか」

市兵衛は言った。せめて細やかな弔いをしてやりたい。番屋の小者にあれこれ頼んで、番屋を出ようとしたその時だった。

「旦那、殺しを見たらしい女がいるようですぜ」

欽次郎が帰ってきて告げた。

「何、誰だ？」

数馬が訊く。

「おはなという夜《よ》鷹《たか》が、殺しを見たって仲間に話していたようなんです」

「住まいは分かっているのか？」

「いえ、ただ暗くなればやってくるようですから」

「よし、頃合いを見て当たってみよう。何か分かったら、親父さん、知らせますよ」

数馬は市兵衛に言った。

四

宗二郎の葬儀は、宿の者と泊まり客のおりきと四人で行った。
葬《ほうむ》ったのは回向院《えこういん》の無縁仏の墓で、遺品はまとめて風呂敷に包んで保管することにした。

宗二郎の遺品は、保管する程の値打ちの物は無かった。

商売道具の帳面と矢立、丸薬の入った古びた印籠《いんろう》、下帯と肌着、剃刀《かみそり》と櫛《くし》、糸と針、そして数枚の桜の絵、どれをとっても値打ちのある物ではない。巾着に入っていた金も、一両と二朱と五十六文。旅をする者としては最低限の持ち物だろう。

それを見ただけでも、宗二郎がさして報われることの少ない商いに奔走していたのが分かった。

そんな宗二郎が宿帳に記していたのは、在所は丹波国園山、年齢は三十五歳、紙商人という職業であった。

在所に現在家族や縁戚《えんせき》が暮らしているかどうかは定かでは無い。

また、そもそも宿帳に記している事柄が全《すべ》て真実であるかどうかは分からない。

この時代旅先で死亡すると、なかなか家族にそれを知らせるというのは難しかった。それは宗二郎に限ったことではない。

「宗二郎さんが描いた桜の絵は、上方と江戸の間にある村々の物らしく、紙の裏にはその土地の名が記してありました。でも丹波国の絵はありませんでしたね」

佐和が思い出して言った。

おとらは、皆にお茶を淹《い》れていたが、その手をふと止めて、

「旦那様、そういえば、幹がひねったように曲がった桜の木の絵も、遺品の中にはありませんでしたね」

市兵衛に言った。

「幹が曲がった桜の木……」

市兵衛は怪訝な顔で聞き返す。

「はい、おりきさんがやって来た日のことですよ。その朝出かける時に、幹が

アメをひねったように曲がっている桜の木の絵を、懐に入れて出かけて行ったんですが」

「何、おりきさんがやって来た日に間違いないのだな」

市兵衛は念を押した。

その日、初音の馬場に風呂鋤を手に入って行く宗二郎を、市兵衛は見ている。

「私はそれほどもうろくはしておりませんよ」

おとらは頬を膨らませ、

「ここに亡骸になって運ばれてきました時に、懐に持っているのかと思いましたが、ありませんでしたからね」

「ふむ……」

市兵衛はいぶかしい目を佐和に向けた。

――宗二郎の死と、何か関係があるのか……。

市兵衛がため息をついたその時、庭の方から数馬と欽次郎が入って来た。

「親父さん、確かに殺しを見ていた者がおりました」

数馬は縁側の上がり框に腰を据えた。

「おはなという女なのか」

市兵衛は訊いた。

「そうです。夜鷹も縄張りがあります。近くで殺しがあったとしても、場所を変えて客を取れば喧嘩沙汰《けんかざた》になります。おはなも昨日の今日で場所を変えて商うのは難しかろうと思いまして、昨日日が暮れるのを待って柳原土手で張り込んでいたんです」

数馬の話によれば、昨夜の六つ半、新し橋の、宗二郎が殺されていた近くで張り込んでいると、月の明かりの中に白塗りの女が現れた。

女は筵《むしろ》を丸めて抱え、客が現れるのを待っている。

数馬は欽次郎と女に近づいて声を掛けた。

「おはなか……」

女は、ぎょっとして逃げだそうとする。

欽次郎が行く手に廻って、

「少し話を訊きたいだけだ」

おはなの足を止めた。

「な、なんだよ。あたしは何も悪いことなんてしてないよ。稼ぎだって他の女に比べれば少ないんだ」

まくし立てるおはなという女の顔には、深い皺《しわ》が走っている。

「話を訊くだけだと言ったろ、手入れじゃない、安心しな」

数馬の言葉でおはなは安心したのか、

「なんだい、早くしておくれよ。商売あがったりじゃないか」

「わかった、わかった」

数馬は巾着から銭を摑《つか》んでおはなの手に渡した。夜鷹の中には蕎麦《そば》一杯分で春を売る者もいる。

おはなは急に笑顔になって、

「殺しの事かい？」

自分の方からそう言った。

「そうだ、昨夜の殺しを見たそうじゃないか。見たままを話してくれぬか」

数馬の言葉に大きくおはなは頷《うなず》くと、

「昨夜一人客を送ったその時だったんだよ。人の走る音が聞こえて、はっとそちらを見たら、ほら、あの辺りで、男がもう一人の男の背中を刺したんだ」

　おはなは、土手の少しくぼみになっている所を指した。

「刺したのは町人か？」

　欽次郎が訊く。

「町人だったよ。刺された男も町人、ぐうって倒れて、そしたら、刺した男は『ソウジ、死ね』って、そしたら、刺された男が『タキ、てめえ』って叫んだんだけど、それっきり。それからも何度も刺されて死んじまったんだ」

　おはなは、まだ恐怖が残っているのか、声が震えている。

「安心しな、下手人はきっと捕まえる」

　数馬はおはなにそう告げて、柳原の土手を出て来たのだった。

　話し終えた数馬は、市兵衛に訊く。

「親父さん、タキって名前、聞いたことがありませんか」

「いや、聞いていない。しかし、その夜鷹のお陰で、少しだが手がかりが摑めたな。宗二郎さんはうちの客だった人だ。無念を晴らしてやりたいものだ」

市兵衛は、その日の八つ過ぎに米沢町に向かった。

宗二郎が話してくれた縄暖簾の熊吉を捜すためだ。

たどり着くまでには時間を要すると覚悟していたのだが、米沢町に入って一《いっ》刻《とき》あまり、日ぐれて軒行灯にあかりが点《とも》る頃、市兵衛は薬研堀《やげんぼり》近くの路地を入った所で、熊吉の名の入った提灯《ちょうちん》に火が点っているのを見つけた。

――ここだな……。

戸を開けて中に入ると、五人ほどの客が思い思いのところに腰を掛けて飲んでいた。

板場から市兵衛を覗き見て、ぺこりと頭を下げたのは、頭に手ぬぐいをねじり鉢巻きにした初老の男だった。

見渡したところ他には客を世話する者はおらず、親父が一人で店をやっているようだった。

「親父さん、酒を頼む。冷やでいいよ」

市兵衛が腰掛に腰を下ろすと、親父はすぐに酒を持って来て、「何かアテはいらねえですかい？」

市兵衛に訊く。

「いや、アテはいい。それより親父さんに少し訊きたいことがあるんだが……」

盃に入れた酒を飲む。

「あっしに……なんでしょうか」

親父は警戒する顔になった。

「年に数回、この店に来て酒を飲んでいた宗二郎っていう紙の商い人を覚えているかね」

「宗二郎……ああ」

親父は気づいて、

「ここしばらく来てねえが、殺されたんだってな……四半刻前にも御奉行所のお役人がやって来て、宗二郎がここで一緒に酒を飲んでいた者の名を教えろと言ってね。旦那も同じことを聞きたいのかね」

他の客を気にしながら言った。

「そうだ、私は宗二郎さんとは知った仲でね。出来ることなら、ここで酒を一緒に飲んでいたという仲の良かった男に知らせてやりたいと思ってね。ところが、その男の名も所も聞いてなかったのだ」

市兵衛の言葉に親父は頷き、

「旦那、ここで一緒に飲んでいた男なら、多岐《たき》蔵《ぞう》っていう者ですよ」

さらりと言った。

「多岐蔵……」

「へい」

答えてから親父は、市兵衛が何を考えているのか探るような目つきになった。

市兵衛は、小さく頷いていた。

宗二郎が殺される寸前に、相手の男に向かって、タキ、と叫んでいたと、夜鷹を問い詰めて分かったと数馬から訊いたが、

――宗二郎を殺したのは、ここで一緒に酒を飲んで憂さを晴らしていたという多岐蔵という男に間違いない……。

市兵衛は確信を持った。

「親父さん、二人が最後にここにやって来たのは何時《いつ》だったんだね」

市兵衛は、更に訊いていく。

「去年の今頃でさ。その夜は馬喰町で火事があってね」

「火事があった日だと……」

市兵衛は驚いて聞き返す。

「へい、そうなんでさ、火事があった日だから、よく覚えているんだ。二人はここで飲んでいたんだが、火事だ火事だと表の騒ぎが聞こえて来て、火が出たのが馬喰町だと分かると、二人は火事を見てみようなどと酔っ払って言い、出て行ったんだ。二人が一緒にここに来たのはその時が最後だな。その後、一人でふらりとやって来たのは、多岐蔵ってぇ男だ」

「何、一人でここに……」

「なんでもこの御府内に店を持ったとかで、身なりもすっかり一家を構えた商人姿になっていたな」

「何の店を構えたのだ、紙屋か？」

市兵衛の問いかけに、親父は首を横に振って、

「いやそれは聞いてねえが、あまりの変わりように、びっくりしやした。それまでは、金がねえ、儲《もう》けは少ないなどと宗二郎さんと愚痴をこぼして、ちびり

ちびり飲んでいた男がよ」

「ふむ、大いに出世をしたというのか……余程大もうけをしなければ店は持てまい」

「富くじに当たったと、言っていやしたね」

「何、富くじだと……」

「へい、富くじは当たるものなんだと、初めて知りやした。あっしも買った事はありやすが、札はゴミ屑《くず》になるばかりで……」

忌々《いまいま》しそうに親父は言う。

「そうか、で、出世したことを報告に来たって訳か」

市兵衛は言った。

「へい、冷酒一杯飲んだだけで帰って行きやした。しがないドサ回りの商人から立派な旦那になりやしたと、あっしに知らせに来てくれたんだと思いやした。あっしも嬉《うれ》しかった。こんな場末の飲み屋で管巻いてた男が出世した、這《は》い上がれずにいる者たちからすれば、そりゃあ希望の星ってやつでさあ」

親父は、歯の抜けた口の中を見せて笑ったが、ふっと真顔になって、

「ただその時、相棒の宗二郎さんの事は何も言わなかったんだ。それまでは、宗二郎宗二郎と、仲の良いところを何度もあっしは見ているんだ。おかしいな、喧嘩でもしたのかと思ったから、多岐蔵さんに言ったんだ。おまえさんが出世したことを宗二郎さんに話したのかい、さぞかし喜んでいただろうねと……」

「そしたら？」

市兵衛の目が光る。

「それが、奴にはまだ知らせてねえんだと話をはぐらかしたんだ。喧嘩でもしたんじゃねえかと思ったんだが、それ以上聞きもしなかったから……以来顔もみせてねえですからね」

親父は少しがっかりした様子だった。

「親父、酒だ、早くしてくれよ！」

背後の客から声がかかった。

親父は慌《あわ》てて板場に戻って行った。

五

空は薄墨色に染まり、遠くに帯のように茜《あかね》の色が漂っている。

市兵衛は、暮れかけた初音の馬場に立っている。

あの日、宗二郎が人知れず馬場に入って行ったのは、桜の絵を描くためじゃなかった筈《はず》だ。なにしろ宗二郎の手にあったのは、土を起こす鋤《すき》だったのだ。

あの時の行動が、今度の殺人に繋がっているのではないか。なんのために宗二郎が馬場に入って行ったのか――。

市兵衛は、向こうの土手に数本植わっている桜の木を目がけて原を歩いて行く。

おとらの話では、あの日、宗二郎は桜の木の絵を懐に押し込んで出かけている。それも、伸びた幹が根元からアメをひねったように曲がっている桜の木だ。

市兵衛は土手に植わっている桜の木を、一本一本根元から眺めていたが、

「この木だ」

思わず声が出た。

今はもう花を散らし、柔らかい葉を広げている。

そしてその根元には、宗二郎が手にしていた風呂鍬が投げ出されていて、すぐ側には大きな穴が掘ってあった。穴は直径は二尺以上、深さは一尺半ぐらいか。

――おや……。

穴の中に壺《つぼ》の割れた破片が散らばっていた。

市兵衛が、壺の破片を取り上げたその時だった。

「親父さん……」

背後から数馬と欽次郎が近づいて来た。

「私たちも一刻ほど前に、ここに来てみたんですよ」

数馬は、くしゃくしゃになった紙を懐から出して見せた。

「これは……」

市兵衛は驚いた。

おとらが言っていた、桜の木の絵だ。

「ここに捨てられていたんでさ」

欽次郎が言う。

市兵衛が頷くと、数馬が言った。

「親父さん。親父さんが宗二郎から聞いていた居酒屋で、一年前、宗二郎は多岐蔵という男と酒を飲んでいたらしい……」

「うむ、私も先ほど、居酒屋に立ち寄ってきたところだ」

「そうでしたか、ならば話は早い。あの晩、火事があって二人はその火事を見物するために、この馬場に来ていたんではないかと考えられる。今そこの番屋で当時のことを聞いてみたんです」

数馬はたった今、馬喰町の番屋で、一年前火事のあった日のことを聞き出してきたのだという。

その話によれば、火事のあったのは馬喰町二丁目の馬場に面した通りだった。

焼けたのは十数軒で、火が広がらなかったのは、片方が馬場で空き地だったからという。

焼け出された住人は、家財を持って馬場に待機し、火消しはむろんのこと、火付盗賊改方の役人が大勢出てきて、火事場から盗みを働く者がいないか厳しく見張っていた。

風がなかった事も幸いして、火の勢いは明け方近くに抑えられたが、焼け出されて行き場を失った者たちは、馬場の原で朝まで待機させられていた。

ところが、数日後、避難場所の寺にいた老夫婦から、後生大事にしていた味《み》噌《そ》壺を紛失してしまった。中には三百両近く入っていたと番屋に届けがあったのだ。

小者や当日まで現場に居た役人たちで馬場の原を捜したが、壺は見付からなかったようだ。

老夫婦のいう事だ。耄碌《もうろく》していい加減な話をしているのかもしれん。なにしろあの日は、馬場をぐるりと取り囲むほど火付盗賊改方の役人や手下小者が見張っていて、壺を抱えて馬場の外に出ようとすれば、必ず声を掛けられて、調べられた筈だ。番屋の者たちの見解は、最後にはそこに落ち着いた。

とりあえず老夫婦の届けを受付はしたものの、以後、それらしい壺も出て来ていないということだった。

数馬もこの話の真偽は摑めてはいないが、番屋の話では、老夫婦は火事に見舞われる直前まで、下駄の鼻緒を作って暮らしていたようだ。

その鼻緒は高級品で、三百両もの金を貯《た》めこんでいたとしても不思議はないという噂だ。火事で家を失った老夫婦は、その後深川にいる娘夫婦の所に身を寄せているらしい。

「親父さん、この話、どう思われますか」

数馬は、思案の目で市兵衛を見た。

「興味深い話だな。今の話から考えられるのは、壺に入った老夫婦の金を、宗二郎と多岐蔵が、どさくさ紛れにネコババして、ここに埋めたということだな」

思いがけない事情を知って、市兵衛は愕然《がくぜん》としている。

あの宗二郎が、人の物に手を出すような男だったのかと思うと、残念で仕方が無い。

「これは私の考えですが、壺に入った三百両を巡っての諍いが、殺しに発展したのではないかと……」

市兵衛は数馬の考えに頷いた。そして、

「多岐蔵は何処《どこ》で、どんな店を開いているのか、それはまだ分かっていないのだな」

数馬に訊く。

「いま手分けして調べています」

数馬は言った。


翌日の昼過ぎのことだった。

「こちらに、宗二郎さんて人が逗留していますでしょうか?」

若い女が、へんろ宿を訪ねて来た。

応対に出たおとらはすぐに、座敷で身支度をしていた市兵衛と佐和に伝えた。

市兵衛は佐和と顔を見合わせると、女を居間に上げるよう告げた。

「丹波国園山から参りました。くみといいます」

着古した木綿の着物に黒繻子《くろじゅす》の帯を締めた若い女は、おとらに案内されて居間に入ってくると、市兵衛と佐和に頭を下げた。

居間のむこうは台所になっていて、おりきがおとらの手伝いをして鍋《なべ》で何かを煮付けている。近頃おりきは、自分から率先して台所を手伝ってくれているのだ。

「おくみさん、おくみさんは宗二郎さんと同じ村の間柄、ということですかな」

市兵衛は訊いた。おくみは頷き、

「いずれ一緒になろうって約束していた人です」

恥ずかしそうにそう言った。だがすぐに顔を上げて、

「宗二郎さんが心配で、無茶をしないで、そう伝えようと思って追っかけて来たんです。こちらの、へんろ宿に泊まるという話は聞いていましたから、それで……」

市兵衛は、じっとおくみの顔を見ていたが、静かに言った。

「おくみさん、しっかりして聞いていただきたいのだが、宗二郎さんは先日亡くなりましてね」

「えっ！」

おくみの目は、飛びださんばかりに見開いた。何を言われたんだ、何を聞い

たんだという信じられない表情をしている。言葉が直《す》ぐに出てこない様子だった。

「驚くのも無理はない。しかも、宗二郎さんは何者かに殺されたんだ。私が案じているのは、宗二郎さんは何か悪事に手を染めていて、それが原因で殺されたんじゃないかと……」

「まさかそんな、宗二郎さんは、そんな人ではありません」

きっぱりと否定するおくみの前に、佐和は宗二郎の遺品を包んだ風呂敷《ふろしき》包みを置いた。

「宗二郎さんの遺品ですよ、ご覧になって下さい」

おくみはつかみ取るように風呂敷を引き寄せると、中を確かめる。

「ああ、ああ……」

途中でおくみは、顔を覆った。現実を目《ま》の当たりにして、涙があふれ出てきたのだ。

台所から、おとらに頼まれたか、おりきがお茶を運んで来たが、そっと出して引き上げて行った。

「だから言ったのに、止《や》めてって……宗二郎さん！」

おくみの嘆きの泣き声は、しばらく居間の空気を震わせたが、やがておくみは涙を拭《ふ》くと、

「旦那さん、おかみさん、あの人を殺した犯人は捕まったんでしょうか？」

きっと顔を上げて言った。

「いや……」

市兵衛がまだだと首を横に振ると、

「私、宗二郎さんを殺した人が誰だか見当がつきます。きっと、多岐蔵という人だと思います」

おくみは言い切った。

「多岐蔵の名を聞いたことがあるんだね」

市兵衛の顔は厳しい顔つきになっている。

「あります」

おくみは言った。

「おくみさんの知っていることを話してくれないか。宗二郎さんは多岐蔵とい

う者と仲が良かったようだが、一年前、二人は火事場泥棒をしたんじゃないかという疑いがある」

「そんな……」

おくみは言葉を失った。

「信じたくない話だ。そんな人だったとは思いたくないのだが……」

「お話しします。私が聞いたこと全て……」

おくみは、きっと見詰めて言った。

一月前のことだ。昨年の野分《のわき》で山が崩れ川が溢《あふ》れ、畑作や稲作ばかりか、細々と山肌を開いて楮《こうぞ》を植え、紙を漉《す》いていた村々は、食うや食わずの日々を送っていた。

稲作は元々微々たるもので、麦やキビを食べて暮らしているのだが、野分でそれも被害にあったのだ。

銭を稼げるのは、細々と漉いていた紙で、村で生まれ育った宗二郎が、大坂や江戸の商人に村の紙を売りさばいてくれ、それで糊口をしのいでいた。

金があれば、金さえあればと常々皆は思っていたが、それが実現することはいまだかつて無く、細々と漉く紙に村人は希望を託していた。

しかも今年に入って風邪がはやり、ろくろく栄養もとれない村人は、一人二人と命を落としていった。

そんな時に、宗二郎が村に帰って来た。年に数回故郷に立ち寄るのだが、この頃の帰村は昨年末から年の初めに向けて漉いた紙の様子を見るためだった。

だが、村の現状を知った宗二郎は、愕然とした。

楮を植えていた山肌も崩れて、村は一枚の紙も漉いてはいなかったのだ。

「宗二郎さん、なんとかならねえもんやろか。知り合いの商人に前借りできねえんですか」

村人は、宗二郎に縋《すが》り付いたが、ほそぼそと漉いた紙を買ってもらっている小商人に頼める相談ではなかった。

「金さえあれば飢えはしのげる。その間に田畑も元にもどせる。これじゃあ死ねというのとおんなじだ」

村人の苦境を聞いた宗二郎は、突然おくみに、江戸に行ってくると伝えたのだ。

その時、宗二郎がおくみに言ったのは、

「これは誰にも言ってはいけねえ話だが、おくみちゃんだけには話しておく」

そう前置きして話してくれたのは、同業者で下総《しもうさ》佐倉の出で多岐蔵という男と、火事の晩に埋めた壺がある。

その壺は、火事のどさくさで誰かが落としてしまった壺だった。偶然拾った物だが二人は壺の中を見て驚いた。宗二郎はすぐに火事場にいた役人に渡そうとしたのだが、多岐蔵が止めた。

埋めて隠しておいて、一年後に山分けすればいい。お前も俺も金がないばかりに苦労のし通しだ。これは神仏が恵んでくれたものだと思えばいい。

多岐蔵のそんな言葉に宗二郎もつい心を動かされて、桜の木の根元に二人で壺を埋めたのだが、

「丁度一年だ。桜の咲く頃に多岐蔵とは会う約束をしている。壺の金をどうするか悩んでいたが、拝借して村を救おう」

宗二郎はそうおくみに告げて、その時に、へんろ宿の名も出していたという

のであった。

それまでの宗二郎は、江戸に出れば馬喰町の安宿に泊まっていたようだが、このたびはその宿は止める。宿賃は安いが居心地の良い宿があると聞いた、おくみにそう告げたのだった。

だが、おくみは宗二郎を見送ってから数日、やはり壺を持ち帰って来るのは止めさせなくてはと考えた。万が一後ろに手が回ったりすれば、何もかもお仕舞いだ。

「それで、宗二郎さんの後をおっかけてやってきたのです」

おくみは話し終えると、切ない目を向けた。

市兵衛は頷いて、おくみに言った。

「多岐蔵が見付かれば全て明るみになる。下手人がはっきりするまでこの宿で身体《からだ》を休めなさい」

そして佐和に向かって、

「出かけてくる」

立ち上がったその時、玄関で欽次郎の声がした。

市兵衛が玄関に向かうと、

「親父さん、多岐蔵の所在が分かりやした」

思いがけない知らせを持って来た。

「何、どこにいた？」

「富沢町で古着屋を開いていやした。で、数馬の旦那《だんな》が、親父さんに会いたいと申しておりやす」

「よし、案内してくれ」

市兵衛は立ち上がった。

六

「親父さん、古着屋仲間の話では、多岐蔵が店を開くにあたって用意していた金は三百両ほどだったと言っています。店の借り上げから古着の仕入れに至るまで、その者は多岐蔵に問われて教えてやったと言っていましたから。三百両という金は、あの馬場の壺の中に入っていた金と同額、下手人に間違いないと私は思っています」

数馬は、むこうに見える古着屋の表を睨《にら》みながら、市兵衛に言った。

市兵衛はつい先ほど欽次郎に連れられてこの場所にやって来たのだが、数馬は古着屋の表が見渡せる場所にある天水桶《てんすいおけ》の物陰で張り込んでいた。

そこで市兵衛も欽次郎も、天水桶の物陰で肩を並べて身を潜めているのだった。

むこうに見える古着屋は間口一間半の店で、表に古着が何着もぶら下がっている。古着屋は看板や暖簾《のれん》の代わりに古着を吊《つる》すのだが、この辺り一帯は古着屋が多く、数馬は多岐蔵の店を突き止めるのに苦労している。

「辺り一帯に出入りをしている魚屋に聞いて分かったんですよ。主《あるじ》が多岐蔵という店はここだって……」

数馬は顎《あご》で古着屋を指す。

「ふむ、で、奉公人は？」

市兵衛も、古着屋の表を睨みながら訊く。

「魚屋は手代が二人いるんじゃないかと言っていましたが、はっきりとは分かりません。店番には一人いるって事は分かっているのですが、多岐蔵と思われる姿はまだ見ていません。いっそ踏み込んで多岐蔵にお縄を掛け、痛い目に遭わせるって手もあるんですが……」

数馬は言う。

「待て待て、店までつきとめたんだ。焦《あせ》りは禁物だ。宗二郎を殺《や》ったという証拠がないまま突き進むのは危険だ」

市兵衛の助言で、数馬は逸《はや》る気持ちを抑えたようだ。

更に見張ること半時、黄昏《たそがれ》時になって店に灯りが点ると、古着の柄や色具合は、そこはかとない華やぎをかもしだしていて、古着とはいえ見応《みごた》えがある。

三人がぼうっと店先を見詰めていると、男二人が店に近づいて来た。

「やっと現れやしたね」

欽次郎が、ほっとした口調で言った。

一人は店主然とした身なりの、濃い茶色の着物に同色の羽織を着た男だった。

そしてもう一人は、手代と思われる男で、背中に大きな風呂敷包みをしょっている。

「旦那、前垂れの文字、見ましたか」

欽次郎は小声でささやく。

手代と思われる男が掛けていた前垂れに『佐倉屋』と染め抜いた文字が入っていたのだ。

男二人が店の中に消えていくのを確かめてから、

「間違いない、あの男は多岐蔵だ。多岐蔵の出自は佐倉と聞いている。前垂れの文字は屋号だ。多岐蔵は生まれ故郷の名を屋号にしたのだ」

市兵衛は、ここに来る前に、宗二郎を尋ねて宿にやって来た女が、多岐蔵の出自を話の中で漏らしていたことを、数馬に説明した。その上で、

「さて、これからどうするかだが……」

逸《はや》る気持ち満々の数馬に、市兵衛は思案の目を向けた。

「やはり、踏み込みます」

立ち上がった数馬に、

「まあ待て、まず私が店に入る」

市兵衛は制した。

「親父《おやじ》さん……」

怪訝《けげん》な顔をした数馬に、

「考えていることがあるのだ。私の思惑どおりだと一気に多岐蔵を追い込むことができる。任せてくれぬか。私も宗二郎のやろうとしていた事を認めた訳ではないが、うちの客だった人だ。下手人を目の前にして、宗二郎をただの盗っ人仲間にして終らせたくない」

市兵衛は言った。

数馬は、市兵衛の真剣な顔を見て頷いた。

市兵衛は天水桶の陰から通りに出た。そして客を装《よそお》って佐倉屋に入った。

「これは、いらっしゃいませ」

店番をしていた手代が、市兵衛を愛想良く出迎える。

「なかなかいい品を置いているようですな」

市兵衛は、所狭しと吊り下げた古着を見渡す。

「はい、おっしゃる通り、古着は古着でも、比較的新しいものでございますから……どのような物をお探しでございますか」

手をすりあわせて店番の男は尋ね、何点かの品を市兵衛の前に置く。

「いろいろとね。うちの店の者たちに買ってやろうかと考えまして、なにしろお仕着せばかりでは可哀想《かわいそう》だ」

市兵衛は、古着を手にとり、品定めをしているような顔で言う。

「そうでございますとも、うちは品が豊富です。いくらでもお出ししますから、じっくりご覧になって下さいませ」

「ふむ、なるほど……」

市兵衛は選んでいた手を止めて、

「しかし、たいしたもんですなあ。去年の今頃は、片田舎の僻地《へきち》を廻って細々と紙の買い付けをしていた人が、これだけの店を持つんだ。余程紙商いで儲かったんでしょうなあ」

じろりと店番の男を見る。

店番の男は、たじろいだ顔になって、

「お客さん、いったい何の話でしょうか」

市兵衛に訊《き》いた。

「いやいや、実は宗二郎さんという人に、この店のことをお聞きしていましてね。なんでも一年前にある所に多岐蔵さんと二人で金の入った壺を埋めたが、それがそっくり無くなっている。ひょっとして多岐蔵さんが独り占めしたんじゃないかと、だから多岐蔵さんを探し出して訊いてみなければいけないのだと……そうしているうちに、ここで店を開いていることが分かったと言っていましたからね。その後宗二郎さんには会ってはいないが、こちらに訪ねてきたんではありませんか……」

市兵衛の言葉に、店番の男の顔がみるみる凍り付いた。必死で笑おうとしているが、その笑みは引きつっている。

「いったい何の話でございましょうか？」

「ふむ、分からないというのなら、主の多岐蔵さんを、ここに出して貰《もら》おうか」

「な、なんと……今は出かけておりますよ」

「嘘《うそ》をつくな、今店に戻ったではないか」

市兵衛の目は、店と奥との間にぶら下げている暖簾の下に、男の足が見えているのを捕らえていた。

「お、お帰り下さい。お帰りを！」

血相を変えた店番の男に、

「おまえさんも宗二郎殺しに関わっているのかい……違うというのなら、こんな店にいると、きっと痛い目に遭いますよ」

押し殺した凄みのある声で言い、店番の男を睨み据えた。

「！……」

店番の男は顔をひきつらせている。

「主の多岐蔵さんに伝えてくれませんか。自訴しなさい、身のためだと。宗二郎さんは死ぬ前に、私に何もかも話してくれたんだ。多岐蔵に殺られたとね。自訴できないというのなら、私は御奉行所に訴え出ますよ」

市兵衛は言い置いて、平然として店を出た。

既に店の外は暗くなっている。月は出ているが覚束《おぼつか》ない光だった。

堀端は荷上場になっているところが多いが、この時刻になると、人の影は無い。しんしんと夜はふけてゆく。

市兵衛は浜町堀に出て、堀にそって足を速めた。栄橋から千鳥橋に向かって歩き、富沢町の外れまで来た時だった。

背後に人の気配を感じた。ひたひたと足音を忍ばせながら市兵衛との距離を詰めてきている。

市兵衛は平然と歩いて行く。

――来るな！

背後に突風のように押し寄せる殺気を察知した市兵衛は、背中に圧を感じたその瞬間、身を翻《ひるがえ》して横に飛んだ。

「死ね！」

匕首《あいくち》を翳《かざ》して襲いかかって来た男の背を、飛ぶと同時に手刀《てがたな》で打ち据えた。

「うっ」

跪《ひざまず》いた賊の襟首と帯を摑んで、腹を蹴《け》り上げる。

男は声も出せず地に腹ばいになった。一瞬にして男は悶絶《もんぜつ》したようだ。ちらと見たその顔は、店番をしていたあの男だった。確かめようと腰を落とし掛けたその時、再び殺気が走り寄って来た。

市兵衛が身体を向けると同時に、男二人が市兵衛を挟み撃ちするように立った。

細い月の光でも、多岐蔵と手代だというのは分かる。

「やっぱり来たな、多岐蔵。これでお前さんが宗二郎殺しの下手人だと証明したも同じだな」

市兵衛は笑った。

うっすらとした光の中に、あばた面《づら》の男が手に匕首を握っている。その男が多岐蔵だった。もう一人は前垂れをした手代のようだが、へっぴり腰で、もう腰が引けている。その時だった。

「親父さん！」

数馬が、欽次郎と小者たちを連れて走って来た。

数馬は多岐蔵を睨んで告げた。

「多岐蔵、お前の悪業は全て知れているぞ。今またこの人を殺そうとした、証拠は十分だ。縛に就け！」

数馬の声がしじまに響く。

だが、多岐蔵は諦《あきら》めなかった。憎々しげな顔で市兵衛を睨むと、

「おまえさんのために、なにもかも……」

市兵衛に飛びかかって来た。

市兵衛は腰に差してあった扇子で、多岐蔵の小手を打った。匕首が多岐蔵の手を離れて地に落ちた。

市兵衛はその匕首を一方に蹴り飛ばすと、多岐蔵の腕を摑《つか》んでねじ上げた。

ふと見た数馬は、十手《じって》で手代を打ち据えたところだった。

「欽次郎、こっちも頼むぞ」

市兵衛は、手代に走り寄って縄を掛けている欽次郎に言った。

宗二郎の無念は晴らした。だが市兵衛の胸は晴れた訳ではない。

火事場で拾った壺の金を一時の間とはいえ、利用しようとした宗二郎の思いと村の貧困、あげくの果てに、ついには命まで落とすことになった男の胸の内を思うと切なかった。

朝方から降り始めた雨は強く降りしきり、まもなく止んだ。通り雨だった。

へんろ宿では朝食を終えると、宗二郎の白木の位牌《いはい》に手を合わせた。おくみはむろんのこと、市兵衛、佐和、おとら、そしておりきも同席した。

宗二郎の位牌には、昨夜多岐蔵がお縄になった事は伝えている。今日はおくみが、故郷に宗二郎の位牌を持って帰るというので、宿の者たちは別れの線香を手向けたのだ。

おくみは、そっと白木の位牌を風呂敷に包むと、見送りに宿の表まで出て来てくれた皆に頭を下げた。

「ありがとうございました。下手人が捕まって、宗二郎さんもほっとしていると思います。あたし、所帯は持てなかったけど、宗二郎さんの位牌をお守りします。だって宗二郎さんは、あたしの他には縁に繋がる人はいないんです。皆様にはお話ししていませんでしたが、宗二郎さんは村の神社に捨てられていた人なんです。そこで神主さんの手元で育てられた訳なんですが、日々の暮らしの食料や衣類は、村のみんなが協力したようです。宗二郎さんは村のみんなに育てられたんです。だから宗二郎さんは、みんなに感謝していました。いつか恩返ししなくてはと言っていました。ただ、親の顔も知らない寂しさはずっと胸にあるのだと言っていました。そんなこんなの気持ちが、ふっと壺の中身に心を奪われたのだと思います。皆様には不快な思いをさせてしまったかもしれませんが、どうかお許し下さいませ」

おくみは宗二郎を庇《かば》う言葉を並べて別れの挨拶《あいさつ》をした。

「宗二郎さんのやむにやまれぬ気持ちは分かっているつもりです。安心してお帰り下さいませ」

佐和はそう言って送り出した。

「宗二郎さんも、悩んだ末のことだったんだねえ」

おとらがつぶやく。

「おかみさん、旦那さま、私も今日でお暇《いとま》しようと思います」

おりきが手をついた。

「良かった、心の整理がついたのですね」

佐和は言った。

「はい、もう一度やり直してみようと思います。このたび、宗二郎さんの話を聞いていて、私の悩みなど恥ずかしいと思ったのです。お義母《かあ》さんが受け入れてくれるかどうか分かりませんが、これから帰って話してみようかと思います」

佐和は、ほっとした笑みで、市兵衛と顔を見合わせた。

「大丈夫ですよ。きっとあなたの気持ち、ご主人は聞いて下さると思いますよ」

佐和が言ったその時だった。

玄関に来客があった。佐和が出て行くと、

「先だってはありがとうございました。おりきを迎えに参りました」

おりきの亭主、松之助が女の子の手をひいてやって来たのだ。

「お待ちを」

佐和はすぐにおりきを呼んだ。

「あなた……」

おりきは夫の出現に仰天したようだ。

「迎えに来たんだ、帰ろう……先だってこちらのおかみさんがお店に来て下さって、おまえの話は聞いている。心足らずですまなかった。何時《いつ》迎えにこようかと思案していたのだ」

松之助の言葉に、おりきは驚き、

「おかみさん……」

佐和に頭を下げた。

「いいのですよ、おりきさんに幸せになってほしくて……」

「嬉しい。でも、お義母《かあ》さんは、許してくれるかしら」

また不安が胸に広がったようだ。

「おりき、実は昨日、おっかさんが倒れたんだ。もう昔のようには歩けないらしいんだ。そのおっかさんが言ったんだよ。おりきさんに酷《ひど》い仕打ちをしたから罰《ばち》があたったんだねと。そして、こうも言ったんだ。帰って来てくれないものかねえと……。勝手な話だが、私もそれで一刻も早く迎えに来たくて……」

おりきは、感無量の顔だ。

すると、じっと見ていた女の子が、突然おりきに言った。

「おっかさん、帰って来て……お願いします」

「おみよちゃん」

おりきは、女の子に近づいて、

「ありがとう、おみよちゃん」

その手を取って泣き出した。

「おっかさん、ごめんなさい、ごめんなさい……」

娘のおみよも泣いておりきの手を握っている。

「よかったな、おりきさん」

奥から市兵衛が出て来て言った。

「旦那様、おかみさん、ありがとうございました」

おりきは幾度も礼を述べて、親子三人肩を並べて帰って行った。

通り雨は、宿の前の道も木々も洗い流して過ぎて行ったが、おくみが去り、おりきたちが去って行った道筋は、まだしっとりと濡《ぬ》れて輝き、新しい命を蘇《よみがえ》らせているように見えた。

見送る佐和の肩に、側《そば》に立っていた市兵衛の手が、そっと置かれた。

振り仰いだ佐和に、市兵衛は優しい目で頷いた。

解説

縄田一男

本書『へんろ宿』は、「小説新潮」の二〇一八年七月から二〇一九年七月にかけて不定期に掲載された三篇と、巻末に据えられた書き下ろしの計四篇から成る藤原緋沙子の最新の連作短篇集であり、新シリーズの劈頭《へきとう》を飾る一巻でもある。

この解説では、冒頭から作品の肝や登場人物の詳細に触れることになるので、解説を先にお読みになっている方は、ぜひとも本文の方に移っていただきたい。

それにしても——第一話となる表題作「へんろ宿」の書き出しの見事さはどうであろうか。

陰気な雨の中、ずぶ濡《ぬ》れになった菅笠《すげがさ》ひとつの浪人が、両国橋を渡り、へんろ宿を目指す姿が、まるで定点カメラを据えているように私たちの眼に浮かび、いっきに物語の中へと吸い込まれていってしまう。その呼吸はまさに練達の作家のものとしかいいようがない。

そして、この浪人者、中根孫十郎《なかねまごじゅうろう》を誘うように、雨の中から聞こえてくるのは、一《いち》弦琴《げんきん》の音。そしてこれを弾いているのは、宿の女将《おかみ》・佐和《さわ》。

一弦琴というのは、長さは三尺六寸あまり、一本の絹の糸を張ったもので、別名、須磨琴《すまごと》、あるいは板琴《はんきん》と呼ばれている簡素なもので、その音色はもの悲しい。

夕食後、この琴を聞いているのは、宿の逗留《とうりゅう》客で江戸見物にやってきたばかりの夫婦もの佐《さ》七《しち》とおけい。そしてもう一人は、宿の主《あるじ》で、佐和の亭主の市兵衛《いちべえ》である。

そして、この人の輪の中に、いわば異物ともいうべき、ずぶ濡れでみすぼらしい格好をした一人の浪人者が登場することで、物語に波紋が生じる。

そんな孫十郎を分け隔てなく受け入れた市兵衛・佐和夫婦だが、彼らは、人を人相風体だけで判断しないような人生を送ってきていた。市兵衛は、お家が断絶にならなければ、旗本三百五十石、笹岡家の嗣子でやがては殿様といわれる身分を継ぐ身であった。その後、相次いで両親を亡《な》くした市兵衛は、江戸を出て諸国を回り剣の修業をしていたが、途中、疲れ果て尾羽打ち枯らした姿で佐和が一弦の琴を弾いていた京の料理屋に現れた。そして、突然、姿を消した市兵衛は、佐和の琴を聞いて四国八十八ヶ所を巡り、お陰で、この先をどう生きるか、少しは見えてきた。自分と一緒になって、江戸でへんろ宿をやってくれないかと、佐和にいったという。佐和とて、頼る人もいない身の上、鴨川《かもがわ》近くの料理屋で一弦の琴で身過ぎ世過ぎをしていた身分。ここで二つの孤独な魂は一つになったのである。

市兵衛は孫十郎にいう――剣では決して心の中の鬱屈《うっくつ》や屈託を払うことはできない。剣の意味を突き詰めても納得のいく答えは得られず、そこで四国遍路を決行した。すると、心の中で変化するものがあった。遍路道は険しく宿も粗末だったが、行き交う人々の心は通じ合い、遍路宿では人の親切が身にしみた。一人で歩いているのに、自分は一人ではない、と感じられた。そして、八十八ヶ所を巡り終える頃には心が満たされていた。そして剣を捨てる、武士を捨てる決心がついた、と。

そして、さらにこうもいった。

「孫十郎殿、最後の最後まで、恨みの亡者《もうじゃ》に引きずり回されるのはよした方がいい」

と。

しかし、孫十郎を〝恨みの亡者〟とするならば、何と哀切極まりない亡者であろうか。死病に取り憑《つ》かれつつも、自分の妻になるはずだった女――いや、正確にいえば自分を裏切った女の無念を晴らすために、いま、その敵《かたき》を討たんとする男がどこにいようか。

そして、死せる孫十郎の脳裡《のうり》に去来するのは、まだ、将来が夢に満ちていた頃の〝漁《いさ》り火〟と〝柘植《つげ》のくし〟が織りなす、美しき光景——この有様に胸打たれない読者はいないだろう。

さて、藤原緋沙子は作品のシリーズ名に〝人情〟の二文字を使うことがあるが、決して、いま時代小説界にあふれ返っている、判でおしたような人情ものとは違う。文字通り、作中人物たちの切れば血の出るような人生を通じての〝人情〟なのである。

それは、たとえば、山本周五郎や藤沢周平といった先達たちへの憧憬《しょうけい》が生み出したものではなかろうか。私は特に作者の藤沢周平へのオマージュを感じずにはいられない。特に冒頭の江戸の町の描写などはそのいい例だといえるだろう。中でも強い影響を受けているのが市井《しせい》ものの名品中の名品『橋ものがたり』（新潮文庫）ではあるまいか。それが端的に現れているのが、江戸の橋の老朽化を見て廻る橋廻り同心を主人公にした〈橋廻り同心・平七郎控〉（祥伝社文庫）だろう。こちらの連作にも『橋ものがたり』同様、江戸のさまざまな橋が出てくるが、本書における橋は、ただ一つ——両国橋である。各話の主人公たちは、両国橋を渡って回向院《えこういん》前のへんろ宿を訪れるのである。

そして第二話「名残の雪」でこの宿を訪れるのは、武家娘の弥生《やよい》。はじまって間もなく切絵図云々《うんぬん》という箇所が出てくると、読者は、作者の別のシリーズ〈切り絵図屋清七《せいしち》〉（文春文庫）を思い出されたかもしれない。

さて、この弥生、事情があって手形を持たずに国を出、途中、山賊に襲われ、供の者・源七《げんしち》は崖《がけ》から落下したらしい、と何やら剣呑《けんのん》な雰囲気なのである。ところが、事情があるどころか、弥生の父は藩邸の牢《ろう》につながれ、国家《くにが》老《ろう》の娘を奥方に迎えた無能な用人・杉田《すぎた》弘恵《ひろえ》が、権力をふるっているというではないか。弥生の父が牢につながれたのは、この用人に斬《き》りつけたため、さらにいえば、用人の乱費の証拠を握っているからであった。

この証拠捜しのサスペンスに加え、弥生の許嫁《いいなずけ》も加わったラストの正に危機一髪の展開まで、作者の筆は緩急自在の筆致で、読者を夢中にさせてくれる。

そしてもう一つ。市兵衛は、この宿を、金儲《かねもう》けのためにやっている宿ではない、自分が四国遍路の途中、泊ったへんろ宿は、主たちもきさくで、まるでわが家に帰ったような心地、一期《いちご》一会《いちえ》の客たちも打ちとけた気持ちになり、安価で、客を選ばず、——こんな宿があってもいいと思い、はじめたとある。そしてあくまでもこれは、この小説中の理想の宿であることを示すため、この後、江戸の旅籠《はたご》のリアルな事情を記しているのである。

さらに面白いのは、江戸見物に大坂からやってきた、三人の女たち。彼女たちもさまざまな理由を抱え、弥生に思わぬ好意を見せてくれるが、これもへんろ宿の成せる業であろう。

弥生の場合、両国橋を渡ったことが、人生の幸せに通じていたが、次なる第三話「蟬《せみ》の時雨《しぐれ》」のおたまの場合はどうだっただろうか。齢《とし》は二十五、へんろ宿に泊って十日、必ず毎日どこかに出かけて、沈痛な表情を刻んで戻ってくる彼女に市兵衛も佐和も心を痛めていたのだが――。

この話では本書の脇役《わきやく》、へんろ宿の女中おとらの人生の一端が読者に知らされる。おたまも、愕然《がくぜん》とするほど仲のよくない母と嫂《あによめ》をどうするか、という難儀を抱えつつ、江戸に出てきたのには、ある事情――一年前、もうすぐ修業が終わって一人前となる畳屋見習の長次郎と、蟬しぐれの中、両国稲荷で必ず会って一緒になろうと約束をした、しかし、一年経《た》って、毎日、約束の場所に来ても、長次郎は来ない、というもの――があった。

事情を知った佐和と市兵衛が乗り出すと、練達の筆で、我知らず悪の道に入りかけた長次郎の姿が浮き彫りになる。

そして、北町奉行所の与力・篠田権十郎《しのだごんじゅうろう》の指揮の下、本書のもうひとりの脇役、同心の坂本数馬《さかもとかずま》らがイタチの助五郎一味を捕縛することでこの物語も幕となるが、長次郎の命運は、かろうじて首の皮一枚でつながり、へんろ宿の夫婦も第二話に続いて泊り客の人生の調停人たる役目を見事に果たすことになったのである。

そしていよいよ、掉尾《ちょうび》を飾る書き下ろしの一篇、第四話「通り雨」は、ユーモラスなはじまりで、へんろ宿の泊り客で紙商人の宗二郎は、おとらの目から見たら三十過ぎの働き盛り、人生を謳歌《おうか》している年頃だが、醜男《ぶおとこ》の条件がすべて揃《そろ》っているようなご面相。その宗二郎は、桜の絵が上手であったが――。

この作品で印象深いのは、「市兵衛は両国橋を渡りながら、宿を始めてから三年目を迎えることに、深い感慨を覚えていた」(傍点引用者)と記されていることだろう。改めて、へんろ宿の原点をさぐっている市兵衛にこの宗二郎はどう映ったろうか。宗二郎の初音の馬場での奇妙な行為。詮索《せんさく》はしないといいつつも気になっていたこの泊り客が、新《あたら》し橋近くの土手で惨殺《ざんさつ》されていたことを知らされる。そして、宗二郎が描き残した幹が曲った桜の木の絵は何を意味するのか。

と、へんろ宿に宗二郎と同じ村の間柄であるおくみが訪れる。宗二郎の死に涙しつつも、彼女が語る村の財政的惨状――ある理由から村に恩義を感じる宗二郎はこれを解決するために江戸にやって来たのだが、同時にそれは、彼の暗い過去の犯罪をともに行った共犯者との再会でもあった。

この最終話には、小間物屋『福富』の女房りきが、精神的に自立できていない夫に愛想《あいそ》を尽かし、へんろ宿にやってくる話がもう一つの脇の挿話として語られる。

そしてラスト、おくみが、そしておりきたちが去っていった後、通り雨がすべてを洗い流していった後、その道筋は、しっとりと濡れて輝き、「新しい命を蘇《よみがえ》らせているよう」だったと記してあるではないか。

私はここで作者の手だれぶりにうなってしまった。雨ということばで思い出していただきたい。第一話「へんろ宿」冒頭の雨は、主人公・中根孫十郎の暗い運命を象徴するかの如く灰色だったが、最終話の雨は、喪失の中からの希望を示すような明るさに満ちている。

この見事なまでのコントラストはどうであろうか。

藤原緋沙子の小説巧者ぶりを十二分に味わわせてくれる一巻といえよう。

（令和二年九月、文芸評論家）

初出一覧

へんろ宿　「小説新潮」二〇一八年七月号
名残の雪　「小説新潮」二〇一九年一月号
蟬の時雨　「小説新潮」二〇一九年七月号
通り雨　書下ろし

本書は新潮文庫オリジナル作品です。

藤原緋沙子著

冬の霧
—へんろ宿　巻二—

心に傷を持つ旅人を包み込む回向院前へんろ宿。放蕩若旦那、所払いの罪人、上方の女義太夫母娘。感涙必至、人情時代小説傑作四編。

藤原緋沙子著

月凍てる
—人情江戸彩時記—

婿入りして商家の主人となった吉兵衛だったが、捨てた幼馴染みが女郎になっていると知り……。感涙必至の人情時代小説傑作四編。

藤原緋沙子著

百年桜
—人情江戸彩時記—

新兵衛が幼馴染みの消息を追えば追うほど、お店に押し入って二百両を奪って逃げた賊に近づいていく……。感動の傑作時代小説五編。

藤原緋沙子著

雪の果て
—人情江戸彩時記—

奸計に遭い、脱藩して江戸に潜伏する貞次郎。想い人の消息を耳にするのだが……。涙なくしては読めない人情時代小説傑作四編収録。

藤原緋沙子著

恋の櫛
—人情江戸彩時記—

貧乏藩の足軽と何不自由なく育てられた大店の跡取り娘の素朴な恋の始まりを描く表題作など、生きることの荘厳さを捉えた名品四編。

藤原緋沙子著

茶筅の旗

京都・宇治。古田織部を後ろ盾とする朝比奈家の養女綸は、豊臣か徳川かの決断を迫られる。誰も書かなかった御茶師を描く歴史長編。

藤沢周平著

竹光始末

糊口をしのぐために刀を売り、竹光を腰に仕官の条件である上意討へと向う豪気な男。表題作の他、武士の宿命を描いた傑作小説5編。

藤沢周平著

時雨のあと

兄の立ち直りを心の支えに苦界に身を沈める妹みゆき。表題作の他、江戸の市井に咲く小哀話を、繊麗に人情味豊かに描く傑作短編集。

藤沢周平著

冤（えんざい）罪

勘定方相良彦兵衛は、藩金横領の罪で詰め腹を切らされ、その日から娘の明乃も失踪した……。表題作はじめ、士道小説9編を収録。

藤沢周平著

橋ものがたり

様々な人間が日毎行き交う江戸の橋を舞台に演じられる、出会いと別れ。男女の喜怒哀楽の表情を瑞々しい筆致に描く傑作時代小説。

藤沢周平著

時雨みち

捨てた女を妓楼に訪ねる男の肩に、時雨が降りかかる……。表題作ほか、人生のやるせなさを端正な文体で綴った傑作時代小説集。

藤沢周平著

驟《はし》り雨

激しい雨の中、八幡さまの軒下に潜む盗っ人の前で繰り広げられる人間模様——。表題作ほか、江戸に生きる人々の哀歓を描く短編集。

司馬遼太郎著
梟の城
直木賞受賞

信長、秀吉……権力者たちの陰で、凄絶な死闘を展開する二人の忍者の生きざまを通して、かげろうの如き彼らの実像を活写した長編。

司馬遼太郎著
国盗り物語
（一〜四）

貧しい油売りから美濃国主になった斎藤道三、天才的な知略で天下統一を計った織田信長。新時代を拓く先鋒となった英雄たちの生涯。

司馬遼太郎著
新史 太閤記
（上・下）

日本史上、最もたくみに人の心を捉えた〝人蕩し〟の天才、豊臣秀吉の生涯を、冷徹な史眼と新鮮な感覚で描く最も現代的な太閤記。

司馬遼太郎著
関ケ原
（上・中・下）

古今最大の戦闘となった天下分け目の決戦の過程を描いて、家康・三成の権謀の渦中で命運を賭した戦国諸雄の人間像を浮彫りにする。

司馬遼太郎著
風神の門
（上・下）

猿飛佐助の影となって徳川に立向った忍者霧隠才蔵と真田十勇士たち。屈曲した情熱を秘めた忍者たちの人間味あふれる波瀾の生涯。

司馬遼太郎著
城塞
（上・中・下）

秀頼、淀殿を挑発して開戦を迫る家康。大坂冬ノ陣、夏ノ陣を最後に陥落してゆく巨城の運命に託して豊臣家滅亡の人間悲劇を描く。

へんろ宿《やど》

新潮文庫　ふ－46－5

令和二年十一月一日発行
令和五年四月三十日七刷

著者　藤《ふじ》原《わら》緋《ひ》沙《さ》子《こ》

発行者　佐藤隆信

発行所　株式会社 新潮社
郵便番号　一六二―八七一一
東京都新宿区矢来町七一
電話 編集部(〇三)三二六六―五四四〇
読者係(〇三)三二六六―五一一一
https://www.shinchosha.co.jp

価格はカバーに表示してあります。

印刷・大日本印刷株式会社　製本・株式会社植木製本所

ISBN978-4-10-139165-6 C0193